KB125610

안 〰〰〰 일한 하루

안예은 에세이

여러분이 이 글을 읽고 계신다는 것은 제가 무사히 마감을 했다는 뜻이겠지요. (2000년대 중반, 회지 후기에 무조건 들어가 있던 추억의 문구.)

작년 늦여름 출판 제의가 들어왔다는 소식을 전달받고, 여느 콜라보 제의나 외주 작업 제의를 받을 때와 다름없이 '에이, 설마!' 하는 마음으로 미팅 자리에 나갔습니다. 그리고 지금 진짜로, 제 이름으로 책을 내게 되었네요.

아시는 분은 아시다시피 제 꿈은 두 자릿수의 나이가 되면서부터 쭉 음악가였습니다만, 이적 선생님이 쓴『지문 사냥꾼』이라는 책을 접한 날(아니, 출간 소식을 들었던 순간)부터 출판에 대한 꿈이 함께 생겼던 것 같습니다. 그때 한 가지 더 놀랍게 다가왔던 점은, 어느 한 분야에서 이름을 알린 후 책을 내는 분들이 대개 에세이를 내는데, 소설이라는 것이었습니다. 저야, 아직 재주가 없어 이런 'TMI 모음집'을 내게 되었지만, 언젠가 단편소설집이든 장편소설이든 소설을 출판하고 싶다는 꿈은 그대로 마음속에 남아 있습니다.

　'TMI 모음집'이면 좀 어떻습니까? 서른하나의 나이에 나의 이야기를 담은 책을 내게 되었다는 것이 참 영광스럽고 감사한 일이 아니겠습니까? 그렇지만 실은 당당한 척하지만 움츠러들어 있습니다. '이런 걸 누가 읽어'라는 생각이 아직도 뇌를 지배하고 있습니다. 그러나 언제나 그렇듯, 한 분이라도 이 책을 통해 인생을 버텨나갈 힘을 얻으시거나, 팍팍한 삶 속 찰나의 순간에 웃음 지으신다면 그걸로 좋습니다. (저는 그렇지만… 많은 분들께서 읽어주시면… 편집자님과 출판사 관계자분들께서도 즐거워지시겠죠. 그냥 그렇다는 이야깁니다….)

　편집자님과 둘이서, 몇 개월을 (랜선으로) 머리를 맞대고 고민한 책이 되겠습니다. 곡을 쓸 때도 그렇긴 하지만 그것보다도 훨씬 오롯이 혼자서 보내는 시간들이 많은 작업이었습니다. '누군가가 좀 읽어줬으면 좋겠다. 이 글을 객관적으로 판단해줄 누군가가…'라는 절실한 마음에 책에 에피소드와 실명을 넣는 것을 허락받을 겸, 주변 지인들에게 토막토막 보여주곤 하였습니다. 그리고 편집자님은 정말 언제나 한결같이 '우리 원고 너무 재밌다', '작가님, 좋은 표현이 너무 많아요' 등의 따뜻한 말씀을 해주시며 작업 내내 저를 칭찬 감옥에 가둬두셨습니다. 감사합니다. 정말 고생 많으셨습니다.

　그렇네요. 책을 내게 되었네요. 그렇게 됐습니다. 제가 실감이 나지를 않아서 자꾸만 되뇌게 됩니다. 이렇게까지 출세하게 해주신, 저와 직간접적으로 스쳐간 모든 인연들에게 무한한 감사의 마음을 전합니다.

　언제 어디서나 건강하세요.

2022년 7월 22일 오후 2시 21분
안예은 씀

1장

일하는 하루

나는,

작업실에 갈 때마다 출근이라는 단어를 꼭 사용한다. '지금 일을 하러 가는 거야'라고 생각을 해야 집에 너무나도 가고 싶은 마음에서 초인적인 힘이 발휘된다. 그리고 작업을 끝내고 집에 갈 때는 퇴근이라는 단어도 꼭 사용한다.

예체능 쪽 직업군은 정형화하기 어려운 직업이어서 일을 하고 있음에도 그것들이 '일'이라는 카테고리에 들어가지 않는 것 같아 더욱 강조한다. 거창한 이유를 들었지만 사실 그렇게 표현을 해야 진짜 내 삶을 잃어버리지 않을 것 같다는 생각에서 그러는 것이다. 좋아하는 일이어도, '일'이다.

작업실에 도착하면 노트북의 전원을 누르며 의식처럼 '나는 할 수 있다', '나는 n시 안에 이것을 끝내고 집에 갈 것이다'… 하며 혼자 중얼거리곤 한다. 어렸을 때부터 '말이 씨가 된다'는 말을 꽤나 믿으며 자랐는데 아마 그 영향의 일부인 것 같다. 그리고 전원이 켜지면 작업할 때 쓰는 음악 프로그램을 엶과 거의 동시에 핸드폰을 멀리 밀어놓는다. 오직 집에 가고 싶다는 간절한 일념만 남기고.

약 28년 동안 극한의 상황까지 일을 미루는 인생을 살았는데, 고통받는 건 나뿐이라는 것을 김연아 선생님의 유명한 인터뷰를 보고 일찍이 깨달아 지금은 눈앞에 있는 일들을 빨리빨리 해치우고 있다.

"무슨 생각을 해. 그냥 하는 거지."
내 삶의 신조가 되었다.

작업실 외에도 나의 일터는 많다. 나는 공연도 하고, 방송에도 나간다. 음악 방송도 나가고, 예능 프로그램에도 나간다. 이렇게 쓰고 있자니 왠지 모르게 '연예인의 삶'에 대해 이야기하고 있는 것 같아 소름이 돋지만 나는 지금까지 단 한 번도 내 자신이 '연예인'이라고 생각한 적이 없다. 앞으로도 쭉 그럴 것이다.

'연예인…, 으악.'

데뷔 전과 후를 비교할 때 제일 달라진 것이 무엇이냐는 질문을 받을 때 나는 항상 음악만으로 생계가 유지되는 것이라고 대답한다. 친구 중 하나는 내가 현실적인 이야기를 꽤 많이 하는 사람 같다고 했다. 나도 뭐, 음악을 사랑하고 직업 만족도가 상당히 높아 보이는, 여느 예술가답게 낭만적이고도 멋들어진 답을 하고 싶지만 그게 잘 안 된다.

나는 억세게 운이 좋아 음악으로 생계를 유지하며, 회사의 도움을 받아 다른 매체들에도 출연하는 삶을 살아가고 있다. 관심을 받는 것을 좋아하는 성격이라면 이 또한 한없이 즐겁게 느껴지겠지만 안타깝게도 나는 그런 사람이 아니다. 이 모든 것이 내 직업과 인생을 위한 일이고 기쁜 일이라는 것을, 지금 내가 지껄이고 있는 것이 배부른 소리라는 것을 알고 있음에도 그게 잘 안 돼서 속상하다. 그리고 무엇보다 이 모든 것이 아직도 생경하다. 내 친구들은 나에게 '텔레비전에 나오면 연예인'이라고 농담 반

진담 반의 이야기를 한다. 나는 정말 '연예인'인가? 그 호칭은 아무래도 나에게 너무나 과분한 것 같다.

제발 생각을 멈추고 싶다.
다른 사람들은 어떻게 살지?

이런 생각은 덕질을 할 때도 꽤 깊어진다. 나는 태어나기를 오타쿠로 태어났는데 어쩌다 보니 나의 덕주들과 직업군이 같아져 버려서 쓸데없는 생각을 더 많이 하게 된다. 저 사람들은 행복할까? 기쁠까? 자신의 직업에서 파생되는 모든 일들을 반가운 마음으로 받아들일까? 나 혼자만 이렇게 인생은 괴롭다고 투정하는 것일까? 그래, 아무래도 그런 것 같다. 엄마도 항상 너무 생각을 많이 하지 말라고 했다.

하지만 인생을 부끄럽지 않게, 또 무너지지 않게 유지하려면 생각을 해야 하지 않나. 그렇다면 생각의 방향을 바꿔보자.

목표가 오직 하나만 있는 사람은 거의 없을 거라고 생각한다. 때에 따라 목표를 바꾸기도 할 것이고, 정해놓은 목표 이후의 목표가 생기기도 할 것이고, 목표를 이루기 위한 목표가 생기기도 할 것이다.

나도 목표가 생겼다. 지금 해야 하는 일을 열심히 하는 것이다. 각자의 인생을 위태로워지지 않게 유지하는 저마다의 방법이 있을 것이다. 누군가는 먼 미래를 그려볼 것이고, 누군가는 일단 눈앞의 일부터 해치울 것이다. 나는 완전히 후자다. 나중에 조금이라도 덜 괴로우려면 지금 벽돌을 많이 쌓아놔야 한다. 노후 준비를 미리 해놓는 느낌인 것도 같다. 오늘의 내가 미룬 일을 떠안는 내일의 나도, 모레의 나도, 나다. 그래, 나는 그럼에도 살아볼 만한 인생을 만들기 위해 생각을 멈출 것이다. 적어도 노력은 해볼 것이다.

"무슨 생각을 해. 그냥 하는 거지.
그냥 사는 거지."

그래서 오늘도 작업실로 출근을 하고, 작업실에서 퇴근을 한다.

말은 저렇게 했지만 작업실에 갈 때면
일단 바닥에 드러눕고, 재택근무를 할 때면
이미 백 번은 본 〈무한도전〉 에피소드를
틀어놓고 한 시간에 걸쳐 밥을 먹는다.

체리노래방의 전설

2008년, 그러니까 내가 열일곱 살이었을 때 우리 동네에는 '아무 방이나 들어가도 기본 300분 이상이 들어 있는 노래방이 있다'는 소문이 돌았다. 노래 부르는 것을 유난히 좋아하던 나와 친구들은 이 소문의 진위 여부를 확인하러 떠났다.

그 가게의 이름은 '체리노래방'이었다. 상큼한 이름과 달리 간판도 제대로 달려 있지 않은 음산한 모습을 하고 있었다. 여기가 맞나 싶은 입구로 들어가 우리를 집어삼킬 듯한 지하 공간의 어둠으로 이어진 계단을 따라 내려가면, 퀴퀴한 공기의 노래방이 나왔다.

카운터에는 사장님 대신 '부재 시 전화 주세요'라는 메시지와 함께 전화번호가 큼직하게 쓰여 있는 커다란 종이와 하얀색 유선 전화기가 있었다. 우리는 아무래도 잘못 찾아온 것 같다는 의심에 끊임없이 시달리며 명시된 전화 번호로 전화를 걸었다. 몇 번의 시도 끝에 연결이 된 수화 기에서 들려온 첫 마디이자 마지막 마디는 "냉장고에서 음료수 하나씩 꺼내서 아무 방에나 들어가라"였다. 우리 는 여전히 안절부절못하며 사장님의 명령에 따라 음료수 를 하나씩 꺼내 빈방 중 하나에 들어갔다.

소문이 아니었다. 진짜였다. 노래방 기계에는 거의 400분에 육박하는 시간이 입력되어 있었다. 입장할 때 받 은 충격이 채 가시지 않은 상태로 그 숫자를 마주하니 별 세계에 온 기분이었다.

"근데 계산을 안 했는데 노래를 해도 되나?"
"사장님이 그냥 들어가라고 하셨으니까 되는 거 아냐?"

한참의 망설임 끝에 조심스레 노래를 예약하고 몇 곡 부르고 있으니 사장님이 등장했다. 좀 전에 통화에서 말투 가 어렴풋이 드라마 〈응답하라〉 시리즈의 성동일 배우님 같다고 느꼈는데, 실제로 뵈니 더더욱 이미지가 겹쳤다. 우리는 허겁지겁 마이크를 집어던지고 각자 주머니에서 몇 천 원씩을 꺼냈다. 사장님은, "음료수 갖고 갔냐?" 하시며 탁자를 한번 살피더니, 돈을 받아 쿨하게 퇴장했다. 그리고 조금 뒤 우리 방의 기계 화면에는 '05:00(분 단위가 아니다. 시간이다) 추가 입력되었습니다'라는 자막이 떴다. 우리가 알고 있는 세상의 모든 노래를 부르고, 지친 몸으로 방을 나왔을 때 사장님은 계시지 않았다. '그냥 가면 되는 건가…?' 괜히 이 방 저 방 기웃거려 보다가 자리를 떴다.

2009년, 나는 체리노래방과 조금 더 가까운 곳에 있는 학교로 전학을 갔다. 나와 친구의 토요일 방과 후 일정은 언제나 체리노래방으로 시작해서 체리노래방으로 끝났다. 이즈음은 이미 '만 원 내고 죽기 직전까지 노래 부르고 올 수 있는 가게'라는 소문이 한 해 전보다 파다하게 퍼져서 학교가 끝나자마자 달려가지 않으면 입장할 수 없었다.

이제는 단골이 되어 입·퇴장이 능숙해진 나와 친구는 카운터에 사장님이 계시지 않아도 알아서 음료수를 챙겨 빈방에 들어갔다. 그렇게 신나게 노래를 부르고 있다가 사장님이 문을 벌컥 열고 들어오면, 우리는 당황하지 않고 인사를 건네며 미리 준비해놓은 5천 원을 드리면 되었다.

그쯤 되니 가끔 사람이 몰릴 때 초심자들을 구경하는

재미도 쏠쏠했다. 그들은 처음의 우리처럼 당황한 표정으로 한참을 두리번거리고, 연결이 안 되는 사장님을 하염없이 기다리며 수화기를 붙잡고 있었다. '그냥 아무 방에나 들어가면 되는데, 후후….' 우리는 유유히 그들을 지나쳐 400분이 입력되어 있는 방 중 하나로 향했다.

거의 매주 최소 한 번에서 최대 세 번은 노래방에 방문하다 보니 가끔 카운터에 있는 사장님을 만나는 날도 있었다. 게임 내 깜짝 이벤트를 만난 기분이었다. 그런 날이면 사장님은, 우리의 정강이를 때렸다(비유입니다).

"초등학생들도 다 남자친구 끼고 오던데 너희는 왜 맨날 여자애 둘이서 오냐?"

할 말이 없었다. "남자친구 없으니까요…" 했더니 "너희도 좀 여기 오지 말고 남자친구 만들어라~" 하며 웃었다.

"저쪽 끝 방에 데이트 온 친구들 있는데, 온 지 좀 돼서 금방 나갈 것 같다."
"어, 감사합니다!"

그러고는 우리에게 처음 보는 자물통 열쇠를 건넸다.

"음료수를 애들이 하도 훔쳐가서…"

손해가 나서 단 것은 아니고, 몇몇 사람들이 너무 멋대로 많이 가져가서 음료수를 마시지 못하는 사람들이 생긴다는 이유에서였다. 참으로 다정한 이유였다.

한번은 '체리노래방의 기계에서 '0'이라는 숫자를 보고 오자'는 결심에 불이 붙어 뜻이 맞는 사람들을 모아 간 적이 있다. 애창곡부터 후렴만 아는 노래까지 전부 불러대며 영원히 세 자릿수일 것만 같던 숫자가 두 자릿수로 바뀌려는 찰나를 목전에 두고 있는 때, 노래방 기계 화면에는 또, '05:00 추가 입력되었습니다'라는 자막이 떴다. 승리감에 슬슬 도취되어 가고 있던 우리는 엄청난 좌절감을 맛봤다. '여긴, 여긴 안 돼…. 평생 우리는 387분을 벗어날 수 없어….' 묘한 기분에 휩싸인 채 노래방을 나왔다.

이 이야기는 곱씹을수록 재밌고 별나서, 지금도 친구들에게 들려주지만 아무도 믿는 사람이 없다. 가끔은 내가 꿈을 꿨을까? 4차원 세계에 다녀왔나? 싶기도 하다. 체리

노래방이 지금도 있는지, 사장님은 여전히 건강하게 지내
는지, 나는 모른다.

　지금 생각해보면 사장님은 아마도 건물주가 아니었을
까 싶다. 2만 원도, 1만 5천 원도 아닌 1만 원만 받으시고,
거의 놀리다시피 운영하신 가게였다.

　아니, 어쩌면 청소년들이 마음껏 놀 수 있는 장소를 마
련해주러 온 청소년의 신이 아니었을까.

'영감'의 실존 문제

나의 친구 중에는 도서관 사서가 있다. 에세이 출간 계약 소식을 전했을 때 누구보다도 기뻐해주었고, 동시에 "언니는 일기도 제대로 안 쓰는 사람인데 이제 어떻게 하려고 그러느냐"며 버럭 소리를 지르기도 했다. 일리가 있는 말이다. 나는 다이어리를 사서 한 페이지는커녕 1월 3일을 넘겨본 적이 없다. 거듭된 실패와 빠른 자아성찰로 다이어리를 사지 않은 지도 몇 년이 됐다.

여하간 그 친구와는 책 이야기를 참 많이 한다. 친구는 절망 속에서도 희망을 찾는 이야기를 좋아하고 나는 절망만 가득한 이야기를 좋아하는 극과 극의 취향을 가지고 있지만, 에세이는 잘 읽지 않는다는 공통점이 있다는 걸 최근에 찾았다. 참으로 남의 인생에 관심이 없는 사람들로 이루어진 우정이다. 그래서 친구에게 잘 안 읽는 장르의 글을 쓰려니 걱정이 많다고 했더니, "언니, 언니 팬분들이 뭘 궁금해할 거라고 생각해? 언니가 어떻게 곡을 쓰는지, 지금까지 어떤 덕질 로드를 걸어왔는지, 이런 거 궁금해하지 않겠어?"라는 힌트를 주어 이번에는 어떻게 곡을 쓰는지에 대해 이야기해보겠습니다.

자주 받는 인터뷰 질문 Top 3 중 하나는 '영감을 어디서 받으시나요?'라는 것이다(그 외 '국악을 배우셨나요?'라는 질문과 '덕주'님에 대한 질문이 순위권에 있다). 나는 처음에 이 질문이 정말 어려웠다. 작곡가의 이미지는 여전히 베토벤에 머물러 있는 것인가? 갑자기 영감을 받아 미친 듯이 음표를 써 젖히는 천재의 이미지? 그래서 이 불멸의 질문에 대비하기 위해 데뷔를 하고 나서야 내가 어떤 식으로 곡을 쓰는지 생각을 해봤다.

작곡을 처음 배울 때, 나의 선생님은 일기처럼 계속 곡을 쓰라고 했다. 싸이월드 다이어리 쓰는 것처럼 뭔가 떠오르는 게 있으면 그걸 곡으로 기록해보라고. 아마 그것이 곡을 쉽게 쓸 수 있는 방법이면서, 영감을 잡는 방법이지 않왔나 싶다.

　그래서 나는 그때의 내 모든 감정을 곡으로 기록했다. 제일 사소한 주제로 쓴 곡은 〈팥〉이라는 곡이었는데…. 청소년기의 안예은은 통팥을 먹지 않았다. 팥빙수도, 붕어빵도, 팥이 들어 있어서 좋아하지 않았다. 조금 더 나이를 먹은 후 콩류의 모든 식물과 콩류로 만든 모든 음식을 줄기차게 먹어댈 것을 모른 채 써낸, 팥에 대한 증오를 담은 곡이다. 그렇다고 지금 쓰는 곡들처럼 팥의 씨를 말려버릴 것 같은 무시무시한 분위기의 곡은 아니었다. 어쩌면 다시는 되찾을 수 없는, 우울하면서도 깜찍한 감성의 곡이었다. '세상 모든 음식을 좋아하지만 싫어하는 게 딱 하나 있어. 그건 바로 팥! 나는 호빵은 먹지만 붕어빵이랑 팥빙수는 안 먹어. 왜 그럴까? 그래, 이유를 알았어. 통팥이니까~' 이따위 노래였다. 〈양〉도 있었다. 잠이 오지 않아서 양을 세는 노래인데, '세고 또 세어도 잠이 오지 않는 이유는 자꾸만 떠오르는 네 모습 때문일 거야'라는 지금으로써는 상상도 할 수 없는 깜찍한 가사가 붙어 있다. 이 노래가 좋다고 해준 친구들이 많았는데, 한편으로는 앞부분에 양을 열 마리까지 세고 후렴을 부른 후, 바로 열한 마리를 세며 2절이 시작됐기 때문에 숙제하기 귀찮은 것을 이렇게 티 내면 어떻게 하냐고 많은 질타를 받기도 했다. (이제 와서 얘기하지만 귀찮아서 그런 게 아니었다. 끝내주는 아이디어라고 생각했다.)

사랑이나 연인 관계를 경험하며 쓰게 되는 노래도 점점 늘었다. 그러나 언제까지 실화를 기반으로 곡을 쓸 수는 없을 것이라는 생각을 은연중에 항상 하고 있었던 것 같다. 특히 사랑 이야기는 나 말고도 이야기의 주인공이 더 있기 때문에, 당사자가 들었을 때 불쾌할 수도 있을 것 같다는 생각도 했었다.

사랑 이외의 내 이야기를 처음으로 했던 것은 〈신데렐라 로맨스〉라는 노래를 통해서였다. 수시를 봤던 모든 학교에서 탈락의 고배를 마시고, 한방에 인생역전을 한 신데렐라가 진심으로 부러워서 쓴 노래였다. 그러나 강산이 변하고도 2년이라는 세월이 더 흘러 이제 와 가사를 들여다보니 부끄럽지만, 아무튼 그땐 그랬다. 인생역전을 한 방식이 부러웠다기보다는 '인생역전' 그 자체가 부러웠다. 그래도 그 곡으로 대학교를 합격하게 되었으니, 고마운 곡이기도 하다. (지금 시험을 본다면 절대로 붙을 수 없을 것 같다는 이야기를 친구들과 종종 나누는데, 붙을 수 있다는 대답을 하는 친구는 지금까지 한 명도 없다.)

대학교 때는 고등학교 3학년 때 뒤늦게 진학한 음악 특성화 학교에서 이미 넓어졌다고 생각한 세계가 한층 더 넓어졌다. (당연함.) 나는 술만 들어가면 영국 록을 주구장창 틀어대는 '줄쟁이(음악인들의 은어인지 내 친구들 사이에서만 쓰였던 은어인지는 모르겠으나 기타나 베이스 등 줄이 있는 악기를 치는 사람들을 말한다)들'과 친했다. 동양에서만 놀던 내가 드디어 서양으로도 본격적으로 발을 들이는 순간이었다. 멋졌다. 비틀즈, 콜드플레이, 오아시스부터 프란츠 퍼디난드, 투 도어 시네마 클럽, 트웬티 원 파일럿츠···. 그리고 스물한 살 때 처음으로 유튜브라는 바다에 발을 담그게 되었다. 자넬 모네, 라나 델 레이 등의 엄청난 음악가들과 만나게 되었으며 청소년기에 주구장창 들었던 음악가들의 라이브 영상까지 조우할 수 있었다.

당시 나는 줄쟁이 친구들과 취미로 밴드를 하고 있었다(음악인들이 취미로 밴드를 한다고 하니 모순같이 들리지만 그런 경우도 있다). 밴드에서 나는 곡은 쓰지 않았고, 건반만 쳤다. 영국 디스코 록을 지향하는 친구들 옆에서 어떻게든 그런 느낌의 곡을 쓰고 싶었지만 작업은 계속 겉돌았다. 참 다행스럽게도 그것이 지금에는 '개성이 강하다'는 장점으로 발현이 되었지만, 당시에는 할 줄 아는 것이 너무나 한정되어 있다는 생각에 많이 속상했다. 그때는 내 개성이 무의식적으로 작동하여 다른 스타일의 음악을 만들지 못한다는 생각은 못 했다. 반면 친구들은 '이런 스타일의 음악 같은 거 해보자!'라고 하면 마법을 부리듯 그와 비슷한 느낌의 음악을 뚝딱뚝딱 잘도 만들었다. 그래서 건반으로만 곡을 써서 그런가 싶어 기타를 배워보려고 했지만 태생적으로 게으른 나는 그마저도 당연히 실패하고 말았다. 대학 졸업 후로도 거의 10년이 지났는데도 나는 아직도 기타를 못 친다. 이 책이 출간될 즈음에는 기타로 쓴 곡이 하나라도 있으면 좋겠다.

아무튼, 나는 창조적 모방도 하지 못하고, 자기의 것도 없는, 그저 '카리스마 있는 여성 싱어송라이터의 아류'로 나 자신을 정체화한 채 쭉 살았다. 단 한 번도 내 곡에 대해 '좋다'는커녕 '들을 만한 것 같은데…?' 정도의 불확실한 긍정도 느낀 적 없었지만 그래도 곡은 계속 썼다. 진로라는 것은 보통 모방으로부터 시작된다고 생각하는데, 나는 비록 모방은 잘 못했어도 따라 하고 싶은 멋진 음악가들이 참 많았다.

영감 이야기로 출발한 것 같은데 왜 갑자기 또 인생 이야기로 흘러왔는지 모르겠다. 나는 내 이야기를 음악으로 자주 만들지는 않는다. 아예 없다고는 할 수 없지만 극히 적다. 이 사실은 "자전적인 이야기를 하지 않는 이유가 있나요?"라는 질문을 받았을 때 깨달았다. 그냥 마음 가는 대로 곡을 만들다 보니 자연스럽게 그렇게 된 것 같다. 그래서 뭐라고 대답해야 할지 꽤 고민했다. '이유가… 없는데요…'라고 할 수는 없고. 곰곰이 생각해보니 그냥 내가 재미있다고 느끼는 소재로 곡을 만드는 것 같았다. 그 말은 즉, 내 이야기는 내가 음악으로 만들 때 재미가 없다는 거다. (물론 내 능력이 모자라기 때문이라고 생각하고 있지만) 자전적인 이야기를 음악으로 만들면, '이래서 저래서 그랬습니다. 끝!'이 되는 느낌인데, 상상 속의 이야기를 만들면 '사실 이 가사가 이런 뜻이지롱~ 여기 멜로디는 이러이러해서 이렇게 썼지롱~' 하는 식으로 뜻을 더 많이 숨겨놓을 수 있어서 재밌다. 사람들이 흔히 말하는 '떡밥'을 심는 느낌이다. 그래서 나는 "제 이야기는 재미가 없어요…"라고 답했다. (〈무한도전〉 알래스카 특집 2탄─텐트 노래방 부분, 종이학 감독님 동료분의 사연 톤으로 읽어주시면 되겠다.)

　　그러니까 내 영감의 원천(이라고 거창하게 말할 것까지는 아니지만)은 상상이다. 그런 것 같다. 영화나 드라마, 만화를 보면 'What if?'를 상상하기 바쁘고, 초현실적인 이야기 자체를 좋아하기도 하거니와 명확한 현재 시점의 이야기를 비유 없이 담백하게 하는 재주가 없는 사람이어서 간단한 이야기도 여기저기 빗대고 거기에 살을 붙이다 보면 걷잡을 수 없이 가상의 세계가 커지는 것이다. 자연경관을 보며 영감을 받고, 실생활에서 영감을 받는 쪽과는 거리가 멀다. 아니다. 영감을 받기도 한다. 이건 그러니까 그런 거다. 김은희 작가님이 아름다운 풍경을 보며 '여기 사람 죽이기 좋겠네' 하는 거랑 (감히) 비슷한 거다.

만약에 여기서 이렇게 하면?

만약에 저기서 저렇게 하면?

만약에 우리가 매일 보는 신호등이 사실은 아주 작은 요정들이 조작하고 있는 거라면?

평생을 신호등 안에만 갇혀 살던 이 요정들이 어느 날 갑자기 모두가 동시에 파업을 한다면?

이 신호등 요정의 조상이 어린이들에게 새 이를 가져다주던 전설 속의 그 요정들이라면?

이런 거다.

한계가 있는 방법일 거라는 생각은 언제나 하고 있다.

그래서 아는 게 많으면 그만큼 쓸거리가 많지 않을까 싶어 다방면으로 정보 수집을 해놓으려고 노력하고는 있다. 인터뷰에서 몇 번 말한 것 같은데, 언제나 자기 복제에 대한 공포에 시달리고 있기도 하다. 그래서 노래가 부르기에도, 듣기에도 점점 더 어려워지고 있는 것 같다. 엄마는 그런 데에 너무 집착하면 오히려 더 안 좋다며 내려놓고 써보라고 하지만 아직은 그게 잘 안 된다. 〈창귀〉 같은 노래를 쓰다가 담백한 발라드를 쓰면 너무 재미없게 들린다. (근데 당연한 것 같다.) 그래서 자꾸만 더 요상한 멜로디, 어려운 가사를 붙이게 된다. 그러다가 결국에 자기 복제를 하는 것이겠지. 언젠가는 엄마 말대로 할 수 있게 되길 바라며.

덧붙이고 싶은 이야기는, '영감'이라는 것을 받지 않고도 곡을 쓰는 작곡가들도 존재한다는 것이다. 예술·창작 분야는 특수 분야이기 때문에 부풀려지기 쉽고, 그에 따라 '창작가'의 이미지가 어느 정도 정해져 있는 것 같다는 생각을 항상 한다. 나도 사실은 '영감'이라는 것에 대해 그렇게 깊게 생각해본 적이 없다. 그냥 어쩌다가, 혹은 뭔가를 상상하다가, 혹은 갑자기 떠올라서 곡을 쓴다.

'영감'이라는 단어는 신령 '영(靈)' 자와 느낄 '감(感)'

자로 이루어져 있다. 신령을 느낀다는 엄청난 단어였던 것이다. (내가 참으로 좋아하는 일본 코미디 만화인 『세인트 영맨』에서 이런 식으로 영감을 받는 예술가를 묘사한 것을 보았다.) 영감을 받는 창작자도, 받지 않는 창작자도, 영감에 대해 고심하는 창작자도, 별생각 없는 창작자도 있을 것이다. 이런 다양한 창작자들이 모여 다양한 창작물이 만들어진다.

나는 창작의 종말에 대해 종종 상상하곤 한다. 10년 전에도, 지금도 '멋있는 건 옛날 사람들이 다 해버렸다'는 말을 자주 한다. 그럼에도 불구하고, '모방은 창작의 어머니'라는 말처럼 뿌리가 되는 작품을 가지고서도 나름의 색을 가진 창작물들이 끊임없이 나온다. 인간은 이 짓을 언제까지 할 수 있을까? 어쩌면 유한한 것이 아닐까? 그래서 항상 무섭다. 한계가 정해져 있다면, 그 한계를 최대한 미루는 것이 내가 할 일이겠다. 그리고 수많은 창작자들이 각자의 자리에서 각자의 방식으로 나아갈 것이다.

칩거와 부지런함의 공존

코로나 바이러스로 인해 재택근무를 처음 경험하게 된 직장인 친구가 물었다.

"도대체 프리랜서들은 집에서 일을 어떻게 하는 거야? 집에서 일을 할 수가 있어? 집중이 돼?"

그 질문에 나는 "야, 프리랜서들이 괜히 작업실을 잡는 게 아니야"라고 대답해줬다. 누울 자리가 있고, 먹을 것이 있는데 어떻게 집중이 될 수가 있겠는가. 집중하는 사람도 있겠지…. 그런 분이야말로 왕이 되실 인물이시다.

아기 프리랜서일 때는 '집에서 일을 할 수 있어서 정말 좋다~' 하는 낙천적인 생각을 가지고 있었다. 물론 재택근무의 장점도 있고, 장소가 어디든 일에 집중을 할 수 있는 사람도 있을 것이다. 그러나 나는 아니다. 나는 글렀다. 나는 놀잇감이 있고, 누울 곳이 있으며, 이동이 필요 없는 곳에서는 일에 집중을 하지 못한다.

그 사실을 다행히도 비교적 일찍 깨달은 나는 큰 건이 들어오면 작업실을 잡는다. 한 인터뷰에서 표현했듯이 '큰 건이 들어오면(예를 들면 정규 앨범 작업이랄지) 절에 들어간다'라는 마음가짐으로. 각종 미디어에서 많이 보았을 으리으리한 개인 작업실을 지을 돈은 아직 없고, 돈이 있다고 해도 귀찮아서 안 짓지 않을까 싶다. 나는 항상 월 단위로 빌려 쓸 수 있는 작업실에 간다. 그런데 이사를 온 동네 물가가 여간 높은 게 아니어서 몇 달 전부터는 친구 작업실의 빈방을 빌려 쓴다. (김택균 씨에게 감사 인사를 전한다. 그렇지만 원래 놀리던 방이었기 때문에 '성은이 망극합니다' 정도는 아니고, 그냥 '뭐… 고맙습니다' 정도. 이 친구에게 진짜로 온 맘 다해 고마워해야 할 일은 따로 있다. SNS에도 인증 사진을 몇 번 올린 적이 있는데, 이 친구는 내게 절판된 도서를 구해다 주는 친구다. 덕분에 나는 중고책 시장을 찾아보지 않고도 『울프 홀』, 『어둠의 속도(재출간 전의 판본)』, 『조나단 스트레인지와 마법사 노렐』 등을 손에 넣을 수 있었다. 그런데 괄호 안에 이렇게 긴 이야기를 담아도 괜찮은 건가? 절대 안 된다는 법은 또 없으니….)

일을 하지 않을 때는 거의 집에 있는다. 난 집이 정말 좋다. 하루 종일 누워서 트위터를 하거나, 보고 싶었던 드라마를 몰아 보거나, 하루 종일 서재에 틀어박혀 책을 읽는다.

"집에서 엄청 바빠. 할 게 많아."

정형돈 선생님의 명언처럼, 집에서 할 일이 너무 많다. 정말 바쁘다.

최근에 '라푼젤은 어떻게 백수면서 아침 7시에 일어나서 청소하고 노래 부르고 이거 하고 저거 하고 어떻게 저러지? 나는 하루 종일 누워만 있을 것 같은데'라는 내용의 글을 트위터에서 본 적이 있다. 그 글에 '지금은… 할 수 있을 것 같아'라는 인용이 달려 있는 것도 보았다. 나도 예전에는 집에만 있으면서 부지런할 수가 있는 것인가. '칩거'와 '부지런함'은 공존할 수 있는 단어인가. 굉장한 아이

러니함을 느꼈으나 지금은… 지금은 할 수 있다. 예전에는
'집에서는 무조건 아무것도 안 한다'는 생각이 강했다면,
여가 시간에 대해 깊게 생각한 뒤로는 그렇게 바뀌었다.

　나는 일을 할 때 '다른 예은이'가 나온다는 표현을 자
주 한다. '무대 위에 올라가는 안예은', '곡 작업을 하는 안
예은' 등이 있으며, 일 외적으로도 '밴드 친구들과 있는 안
예은', '회사 직원분들과 있는 안예은' 등이 있다. 이 예은
이들이 세포 분열을 하지 않고 하나로 온전히 합쳐지는 공
간이 바로 집이고, 있는 그대로의 나로 있을 수 있는 장소
에서 보내는 시간을 알차게 쓰고 싶다는 마음이 생겼다.
아침에 일어나서 산책하고 밥 먹고 커피 내려 마시면서 책
도 읽고, 간식 먹으면서 만화며 드라마를 보고, 때에 따라
낮잠도 자고, 한 시간 정도 운동을 하고 목욕재계한 후 공
부도 하고. 하루가 모자랄 수도 있을 것 같다. 아무런 조바
심 없이 그런 매일 매일을 보내는 것이 나의 꿈이다.

　앞서 나는 '거의' 집에 있는다고 말했다. 그러나 놀랍
게도 나에게는 친구가 있고 대인관계라는 것이 있다. 집에
있지 않으면 친구들과 술을 먹는다. 코로나 이전에는 정말
술을 자주 먹었는데 지금은 사람과 만나는 일이 확연히 줄

어들어 오히려 다행인가 싶기도 하다. 2년 사이 몸도 많이 달라졌다. 2년 전에는 몇 시에 첫 잔을 들든 간에 무조건 새벽 4시에 집에 갔지만 지금은 새벽 1시가 가까워지면 눈꺼풀이 무거워지는 것으로 봐서는…. 그리고 나보다 먼저 서른을 넘은 언니, 오빠들이 2년 전에 그런 모습이었던 것을 돌이켜보면…. 이 현상은… 그래, 나이다. 나이. 연상의 친구들은 언제나 스물아홉 즈음부터 한 해 한 해가 다르다는 말을 했다. 그리고 나도 이제 그 말을 하게 됐다.

요즘에는 박물관이나 사찰에 가고 싶다는 생각을 많이 한다. SNS를 통해 발견한 재미있어 보이는 전시회나 보는 것만으로도 가슴이 웅장해지는 사찰 사진이 핸드폰에 하나둘 쌓여가면 '쉬는 날 하루는 밖에 나가볼까' 하기도 한다. 그러나 마음뿐이다. 넷플릭스를 보며, 책을 읽으며, 방에서 뒹굴뒹굴하며 생각만 한다. 새로운 것을 경험하고 싶다는 마음을, 소중한 휴일을 밖에서 쓰고 싶지 않다는 마음이 아직은 이긴다.

누군가는 이야기했다.
"눕지 못하면 실외다."
내 말이 바로 그 말입니다.

하나 예외가 있긴 하다. 친구의 집은 누울 수 있어도 실외다. 온전한 내 공간이 아니기 때문이다. 나는 친구와의 약속도, 자의로 향한 카페나 전시회도 모두 스케줄이라고 생각하는 사람이다. 그 자리가 일같이 느껴진다는 말이 아니라, 너무 즐거운 자리이지만 동시에 에너지를 요하는 자리이기도 하다는 말이다. 그래서 정말 쉬고 싶을 때는 무조건 집에서 하루를 보낸다.

그렇기 때문에 집에서는, 집에서만큼은 정말 일을 하기 싫은 것이다. 내 낙원으로, 오아시스로, 충전터로 남겨두고 싶기 때문에.

그런데 이 글은 집에서 쓰고 있다.
마감 기한을 지키기 위해.

평범함, 특이함, 특별함

나는 평범하다. 태어나서 한 번도 내가 특이하다거나 특별하다고 생각해본 적이 없다. 이런 이야기를 하면 듣는 상대가 누구든 전부 기겁을 한다. 그러나 아무튼 내 생각에 나는 평범하다.

사실 '태어나서 한 번도'는 아니다. 청소년일 때는 '이 몸… 조금 특별할지도?' 하는 생각을 남몰래 했다. 그때 4차원 이미지를 위해 내가 선택한 아이템은 책이었다. 장 폴 사르트르나 에드거 앨런 포 같은 작가의 책을 일부러 들고 다녔다. (취향에 의한 구입이긴 했지만 밖에 나갈 때마다 딱히 필요가 없어도 일부러 보란 듯이 챙겨 다녔다.) 그러나 그 시기에는 대부분 그러지 않는가. 그러니 그 허세에서 어떤 특별함을 찾기란 무의미해 보인다.

나 자신이 특별한 사람이라고 착각하게 만들어준 데에 제일 큰 영향을 미친 것은 내가 절대음감이라는 것이었다. 나는 악기 소리뿐만 아니라 노크 소리, 물 떨어지는 소리, 타자 치는 소리까지 음으로 들을 수 있다. 내가 아주 어렸을 때 텔레비전에서 음악 영재를 발굴하는 프로그램을 방영했었고, 나와 같은 재능을 가진 사람들이 영재로 발탁되는 모습이 나왔다. '어, 이거 봐라? 나도 혹시 영재?' 하는 생각이 머리를 스쳤고, 청소년이 되었을 때는 내가 정말 음악을 위해 태어난 음악 천재라는 대단한 착각을 하는 지경까지 이르렀다. 이 착각은 중학교 특별 활동 시간에 만났던 선생님이 나의 능력을 추켜세우며 꼭 가보라고 추천해 찾아간 한 학원에서 "이 정도 하는 애들 많아요~(진짜다. 음대에 가면 열에 네 명은 절대음감이다. 그리고 악기를 칠 때는 상대음감이 훨씬 실용적이다)"라는 말로 막을 내리게 되었다. 내가 특별하지 않다는 박탈감보다, 별것도 아닌데 우월감을 느꼈다는 것에 대한 창피함이 컸다.

따돌림을 당하던 시기에, 수련회 장기 자랑 무대 위에서 야유를 받고 한 소절도 부르지 못하고 내려온 일이 있다. 내 기억으로 아마도 같은 해에 학교 축제에서도 노래를 불렀었는데, 무대를 마치고 막 내려온 내 옆에서 "쟤는 노래도 잘 못하면서 왜 자꾸 나대?"라고 수군대는 것도 들었다. (아마 들으라고 한 말이었던 것 같다.)

　장기 자랑은 당연하고, 임원 선거에, 떠든 학생들에게 벌칙으로 주어지는 '노래 몇 소절 부르기'까지 주목을 받는 자리라면 그 무엇이든 나갔던 나는 그 후 더 이상 '나대지' 않았다.

　나는 특별하지 않구나.
　재주가 없구나.
　그랬구나.

　그제야 깨달았다. 일찌감치 겸손을 공부하게 해준 친구들에게 감사를 전한다.

　그렇지만 아예 노래를 놓아버린 건 아니었다. 그 후로 사람들 앞에 서고 주목을 받는 것을 꺼리는 성격을 가지게 됐지만 학년이 바뀌고 반이 바뀌고도, 고등학교에 진학한 후에도, 계속해서 무대에 올랐다. 동네에서 열리는 노래자랑, 학교 수련회 장기 자랑, 찜질방 노래자랑 등 무대가 있으면 언제나 올라갔다. 그때마다 높은 등수에 올라 상품을 타기도 했다. 과거는 금방 잊는 편이었거나, 나의 재주에 대한 깨달음과 노래를 하고 싶다는 욕심이 완전히 별개의 것이었을 수도 있겠다. 정답은 그 시절의 예은이만 알겠지. 누가 타임머신 개발을 정말 안 해주려나? 2022년인데.

반대의 경우도 있었다. 어릴 적의 나는 지금과 똑같이 새로운 무언가를 해보는 것을 좋아했다. 안경알에 파란 물을 들여 쓰고 다니기도 하고, 여느 아이돌 그룹의 멤버처럼 부분적으로 염색을 해 헤어브릿지도 넣었다. 그런 나를 다른 사람들은 '나대는 애'로 규정지었다. 그 시대 단어로 말하자면, 찍혔다(그래서 동네에서 잘나가는 언니들께 삥을 좀 뜯겼다). 긍정적인 관심을 받는 것은 누구나 좋아하겠지만 그것은 긍정적인 관심이라고 보기에는 어려웠다. 이렇게 하면 안 되나? 이렇게 하면 튀나? 앞서 말한 상황과 어떤 차이가 있는지는 모르겠으나 이 경우는 얌전히 다니지 않았다. 해마다 바꿔야 했던 안경의 테도, 방학 때만 잠깐 바꿀 수 있는 헤어스타일도 그냥 내 눈에 예쁜 것으로, '내가 맘에 드니까 네 맘에 안 들어도 괜찮아'의 자세로 하고 다녔다.

군복(흔히 '개구리'라고 하는 그 무늬)이 정말 예뻐 보였던 때가 있었다. 엄마는 나를 위해 시장에서 위아래 세트인 밀리터리 디자인의 옷을 한 벌 사주었다. 거울을 보고 기분이 좋아 비식비식 새어 나오는 웃음을 참지 못한 채로 밖으로 나갔던 나는 5분도 걷지 못하고 집으로 다시 돌아왔다. 길을 걷던 사람들이 나를 보고 이상하다는 눈으로 수군대서였다. 생각지도 못한 반응을 갑작스레 맞닥뜨려 너무 놀란 나머지 바로 집으로 튀어 들어와 옷을 갈아입었다.

　　무언가를 규정지을 때 쓰이는 경계선.
　　어린 나는 이런저런 나라들의 국경에서 끊임없이 갈팡질팡했던 것 같다.

　　그때, 그러니까 거의 20년 전에는 여학생들이 입을 수 있는 바지 교복도, PC방을 전전하는 여학생도 없었다. 집에서 단 한 번도 '여자애가'로 시작하는 말을 들은 적 없을뿐더러 인형 대신 비비탄 총을 들고 밖으로 뛰어나가던 아이는 중학교에 입학하며 거대한 경계선을 마주하게 된다. 여자아이들은 여자아이들처럼, 남자아이들은 남자아이들처럼 자라서 각 성별에 맞는 놀이를, 각 성별에 맞는 이야기를 하고 있었다. 친해지고 싶었던 동성 친구들과는 좀체 공통분모를 찾지 못해 나는 체육복을 입고 한

무더기의 남학생들 틈에 섞여 PC방에 다녔다. 그건 '특이한 여자애'라는 나라의 국민이 되었다는 이야기이기도 했다. 바느질을 못하고, 인형과 꽃을 좋아하지 않으며, 치마 대신 남학생 체형에 맞게 나온 바지 교복의 허리를 줄여 입고 다니는 '여'학생.

그 이미지를 즐기지 않았다면 거짓말이다. '너는 다른 여자애들이랑은 다르네'라는 말을 칭찬으로 받아들이고 으쓱했던 때, 그러면서도 혼란스러웠던 때였다.

그때 내가 제일 많이 했던 생각은, '내가 남자가 되고 싶어 하나?'였다. 내 눈에 멋져 보이는 것, 내가 하고 싶은 것, 내가 닮고 싶은 것은 죄다 남자들이 하고 있었다. 여자들은 그런 것을 하지 않았다. '특이한 여자애'라는 것은 '여자애답지 않은 여자애'라는 말과도 같았다.

태어날 때 정해진 성별에 혼란을 겪은 분들의 이야기를 감히 하려는 것은 아니고(헤아릴 수도 없다고 생각한다), '특이한 여자애'로서의 혼란이 어디에서 기인한 것일까 짚어보면서 내가 결론으로 도출한 것은 롤 모델의 부재였다. 다양한 여성들이 어디에든 더 많이 노출되어야 하는 이유이다.

내가 나 자신에 대해 계속해서 '특이하지 않다'고 말하는 이유는 어쩌면 내가 특이하다고 착각하고 살아왔던, '특이하다'는 것에 대해 우월감을 느끼던 과거에 대한 부끄러움이 너무 커서가 아닐까.

그렇게 자란 덕인지 데뷔 후에도 내 생각에는 변함이 없다. '독보적인', '대체 불가한', '이름이 곧 장르인' 등 어마어마하게 부담스러운 수식어가 많이도 붙었다. (감사합니다.) 그러나 나는 이 수식어들을 마음 안으로 기꺼이 받아들인 적이 없다. 나는 내가 할 수 있는 것을 했을 뿐이고, 그것이 다행스럽게도 '색깔'이라는 게 됐다고 느낀다.

사람 사는 것은 비슷하면서도 다 다르다. 지구에 사는 인구의 수만큼이나 다양할 것이다. 누군가에게는 평범한 일이 누군가에게는 특이하게 느껴질 수도 있다. 그렇게 모두가 특별하다. 우월감이야 뭐, 어떤 분야에서건 피해야 하는 위험한 감정이고.

그렇기에 나는 누군가에게는 특이한 사람일 수도, 누군가에게는 평범한 사람일 수도 있다. 그런데 '특이하다', '평범하다'라고 굳이 나누어야 할 이유가 있을까? 그냥 사는 거다. 어디서 보느냐에 따라 나는 액자 속에 들어가 있는 것처럼도, 바깥에 나와 있는 것처럼도 보이는, 예전에 한참 유행하던 착시 현상을 일으키는 그림 같은 거다. 아직도 있을지 모르겠지만, 서울랜드에는 '착각의 집'이라는 미로형의 놀이기구가 있다. 이 거울로 보면 짧고 굵게, 저 거울로 보면 길고 얇게 보인다. 그런 비슷한 거 아닐까?

음악에 개성이 있다는 것은 음악을 업으로 삼는 사람으로서는 엄청난 장점이다. 그러나 이 개성이라는 것도 '개성 있는'이라는 액자에 들어간 형태가 아닐까 하는 생각을 자주 한다. 개성은 개인이 가진 고유의 성질 정도라고 여겨왔는데, 어느 순간 하나의 카테고리가 된 것 같다. 음악도, 패션도, 음식도, 개성도.

사람이 살아가는 일에 있어서 그렇게 수많은 상자가 필요할까?

나는 국경에 살고 싶다.

밤하늘이 천장이요, 잔디밭이 장판이라 여기며.

고민

벌써 데뷔 이래로 5년 하고도 3개월 정도가 지났다. 그동안 꿈으로만 간직하고 있던 일들을 생각보다 훨씬 빨리 이뤄내기도 했고, 생각지도 못한 엄청난 사랑을 받는 때도 많았다. 사람은 슬플 때 위로해주는 것보다 기쁠 때 함께 기뻐해주는 것을 더 어려워하는 동물이라는 생각을 항상 하는데(나쁘다는 말이 아니다. 당연한 것임), 내 옆에는 함께 기뻐해주는 사람이 많아 '나란 녀석, 나름 잘 살아왔을지도?' 하며 남몰래 웃음 짓는 날도 많았다.

전달 매체가 어떤 것이든, 거의 모든 인터뷰는 '앞으로의 목표'라는 질문으로 끝난다. 나는 항상 '음악이 직업인 삶을 최대한 길게 유지하는 것'이라고 대답한다. 그래서 언제나 걱정도 고민도 많다(엄마의 말을 들어보면 그중 3분의 1은 쓸데없긴 한 것 같지만). 그리고 그 고민은 시간이 흐르며 형태를 바꾸거나, 때로는 운 좋게 없어지거나, 절대로 떨어지지 않는 오래된 껌같이 신발 밑창에 들러붙어 있기도 하며, 그 옆에 새로운 껌이나 종이테이프가 자리하기도 한다.

본격적으로 작곡법을 배우기 시작한 것은 열여덟 살 때다. 그때의 제일 큰 고민은 자신감 부족으로 인한 무대 공포증이었다. 학원 내에 작게 마련되어 있는 무대 위까지 갈 것도 없이 좁은 레슨실 안에서 매일 봐야 하는 선생님 앞에서도 덜덜 떨었다. 이 상태로 도대체 입학 시험은 어떻게 치러야 할지 걱정이 태산이었다. 거기에 나는 대학이 요구하는 기술적인 연주도, 연주곡 작곡도 하지 못했다. 그때의 고민은 모두 대학, 대학, 대학이었다. 뭐가 어찌 되든 일단은 넘어야 하는 문턱. 이건 굳이 예체능 전공생이 아니더라도 거의 모든 청소년들의 고민이 아니었을까 싶다.

대학에 입학 후에는 이런 질문을 마주해야 했다. (이 질문을 한 교수님은 〈슬기로운 의사 생활 2〉에서 리메이크가 되

어, 하계 올림픽 국가 대표 선수들까지 방송에서 부르며 역주행
의 돌풍을 일으키던 〈슈퍼스타〉라는 노래의 원곡자이자 나의 은
사님이신, 이한철 선생님 되시겠다. 교수님은 1학년 첫 수업과
3학년 마지막 수업을 같은 질문으로 열고 닫으셨다.)

"졸업하면 뭐 할 거니?"
1학년의 나는 이렇게 답했다.
"교수님, 전 록 밴드 할 겁니다. 록 밴드 아니면 안 해요."

그리고 졸업을 코앞에 둔 3학년의 나는,
"글쎄요. 일단 레슨부터 하면서…"라고 하며 말끝을
흐렸다. 대부분의 꿈은 해를 거듭할수록 작아지거나 사라
진다.

졸업 후에는 '앞으로 무엇을 하며 밥줄을 이어갈 것인
가'가 주된 고민이었다. 학원에서 레슨을 하는 것은 다른
아르바이트와 비교했을 때 엄청난 고소득 알바였지만(이
래서 전문직, 전문직 하는구나 싶었다) 나와는 맞지 않았다.
학원에 억지로 끌려와 툴툴대는 학생들에게는 다른 재밌
는 것을 해주고 싶었고, 의욕이 없는 학생에게는 자유 시
간을 주고 싶었다. 이 사람들은 돈을 내고 오는 건데 그 값

을 내가 제대로 하는 것 같지도 않았다. 그래서 그만두고 다른 아르바이트를 하며 남는 시간에 연습을 하고, 곡을 쓰고, 공연을 하러 다녔다. '앞으로 무엇을 하며 밥줄을 이어갈 것인가'는 '음악을 계속 붙잡고 있는 게 맞는가'로, 그것은 다시 '음악을 그만두면 무엇부터 시작해야 하는가'로 바뀌었다.

그 고민의 끝에서 〈K팝스타 5〉에 출전하게 되었고, 이 고민은 사라졌을까? 아쉽게도 그렇지 않다. 이 친구는 나의 신발 밑창에 오래도록 들러붙어 있으면서 다른 고민들을 꾸준히 모아놓았고, 지금도 계속 모으고 있다. 새가 둥지를 만들듯 고민들은 색도 형태도 크기도 계속해서 바뀐다.

2015년에서 2017년, 약 2년의 시간에서 제일 큰 자리를 차지하고 있던 고민은 우울증과 연관되어 있고, 우울증 이야기는 다른 챕터에서 거나하게 풀어놓을 터라 여기에서는 짧게 줄인다. 음악을 시작한 게 맞는 건지, 아니, 음악이고 나발이고 내가 이 목숨을 포기하지 않고 있는 게 맞는 건지, 내가 이승에서 계속 살아도 되는 건지, 나에게 맞는 곳은 저승이 아닌지, 뭐 그런 고민이었다.

정신병의 먹구름 아래에서 어느 정도 빠져나왔을 때 잠깐 했던 고민은, 작업할 때의 내 특기 중 큰 것을 하나 잃어버린 게 아닌가 하는 것이었다. 친구 중 하나는 나에게 '사람들이 꺼내 보이기 싫어하는 마음속 제일 깊은 곳에 있는 감정을 거북하지 않게 보여주는 재주'가 있다고 했었다. 햇빛 아래에 몸을 반절 정도 두고 있자니 그 정도의 심해까지 내려갈 수 없겠는데 싶었다. 그래서 작업할 때 일부러 약을 먹지 않기도 했다. 그렇지만 이 고민은 빨리 없어졌다. 일단 사람이 살아야 되니까. 사람이 살아야 가사를 쓰든 피아노를 치든 하니까. 자신의 우울에 취하는 것은 위험한 일이다. 시체는 말이 없다.

그 후 절대 빠지지 않는 얼룩 몇 군데를 제외하면 대부분의 병증이 깨끗하게 씻겨 내려갔고, 맑은 정신과 더불어 우울 속에 10여 년간 숨어 있던 나의 본성에 적응하느라 많은 시간을 보냈던 것 같다. 늪에 빠지더라도 올라오는 법을 알고, 올라올 수 있게 되었다. 사람들과 함께한 후 집으로 돌아가는 길에 더 이상 오늘의 비디오를 되감으며 나의 모습을 분석하지 않았다. 한없이 스트레스를 받는 날에도 주어진 임무는 이를 악물고 해냈다. 일상생활이 가능해졌다. 그걸로 된 것이다.

앞에서도 말한 바 있지만 나는 자기 복제에 대한 엄청난 공포를 갖고 있다. 곡을 쓸 때 자주 사용하는 단어나 멜로디가 나오면 기겁을 하고 전부 빡빡 지워버린다. '독보적'이라고는 생각하지 않지만(않았고, 않고, 앞으로도 않을 것) 어쨌거나 색이 있는 음악을 하는 건 맞으니까, 이럴수록 청자들이 쉽게 질려서 쉽게 떠나버릴 것 같다는 생각을 언제나 매 순간 하고 있다. 그러면 계속해서 새로운 것을 하면 되지 않을까? 불과 1~2년 전까지는 그랬다. 나름의 해결책을 얻었다고 생각했다.

그러나 요즘은 아니다. 작년에 이것저것 곡을 많이도 썼고, 거기에 자작곡 5곡이 담긴 미니 앨범을 발표하는 거대 장기 프로젝트인 〈섬으로〉와 〈섬에서〉까지 만들었다. 쉴 새 없이 작업을 해나가던 1년간 새로운 고민이 들러붙었다. 자기 복제의 땅을 너무 두려워한 나는 새로운 풍경의 영토로 향해 가고 있다고 생각했는데, 정신을 차려보니 자기 복제와 특이해야만 한다는 강박증의 경계선에서 지하로 땅굴을 파 내려가고 있었다. 새로운 가사, 새로운 멜로디, 새로운 주제, 앞뒤 안 재고 새로운 것에만 집착하다 보니 최초 출발지에서 너무 멀어진 것이다. 더군다나 나는 자전적인 이야기보다 상상 속의 이야기를 훨씬 좋아하는 사람이어서, 지금 내 모습이 상상의 드릴로 상상의 땅굴을 파고, 상상의 집에 상상의 가구를 놓고, 상상의 보호막을 치고 그 안에서 아늑하게 지내고 있다고 생각했는데 사실은 6피트 밑의 축축하고 차가운 땅에 초점 없는 눈으로 누워 있는 꼴일 수도 있는 것이다. 그리고 이것은 어쩌면 내가 항상 갖고 있던 강박증에서 온, '보편적인 이야기를 하면 안 된다'는 또 다른 강박증일 수도 있을 것 같다는 생각을 요즘 많이 한다.

그래서 이번 1년은 헛되이 쓰지 않으려고 한다. 살아만 있어도 칭찬을 받아 마땅한 나날들이 계속되고는 있지만, 창작의 하늘 아래 모든 나라의 경계선이 한 군데로 모이는 지점에 멋진 집을 지을 수 있도록 모자란 부분을 채워나가려고 한다. 실천을 하지 않은 결심만 해도 수백 개는 될 테지만, 결심을 한다는 것 자체도 실천의 일부라고 자기합리화를 해본다. 아직 단추는 채우지 않았지만 옷에 몸을 끼워 넣긴 한 거라고. 그런데 짝을 잃은 결심들은 어디로 갈까? '작심삼일의 배'에서 태어난 그 수많은 결심들은?

아무튼 인생이란… 그 뭐냐, 그거다. 청소가 되지 않은 너저분한 길을 운동화 달랑 하나로 밑창이 다 뜯어질 때까지 버텨야 하는 것 같다. 껌을 밟을 때도, 은행을 밟을 때도, 압정을 밟을 때도 있는 것이다. 이물질을 제거하고 다시 걸을 수는 있지만 흔적은 남는다. 그리고 이 세상을 떠날 때쯤 발을 내려다보면, 신발은 진작 사라져 있고, 신발밑창이라고 믿고 있던 것은 발바닥의 굳은살인 것이다. (나, 지금 엄청나게 멋진 비유를 해낸 것 같아.)

　나는 신발에 들러붙을 것이 앞으로 수도 없이 많을 것이기에 아직 내 발을 내려다보지는 않았다. 그러나 그것이 직접적인 타격은 없지만 좀체 떨어지지 않는 가벼운 셀로판지이든, 원래의 형태를 잃어버린 지 오래인 예전에 껌이었던 것 같은 까만 무언가이든, 누군가가 한 번 밟아서 터트려놓은 홍시든 주렁주렁 매달고 될 때까지 걸어볼 것이다. 아주 가끔은 천상의 촉감을 가진 벨벳 카펫이 나의 발 아래 펼쳐지기도 할 것임을 믿어볼 것이다.

〈문어의 꿈〉과 어린이

2019년 말, 3집 작업을 위해 대여했던 작업실은 이름난 번화가 한복판에 있었다. 주로 해가 진 후 작업을 했던 나는 어둑한 골목을 퇴근길로 삼고 싶지 않다는 생각에서 이런 결정을 내리게 되었는데, 막상 출퇴근을 해보니 불야성 한복판의 작업실이 꼭 좋은 것만은 아니었다.

지금은 '잠실새내'로 이름이 바뀐 지 한참 된 역 근처의 그 동네는 송파구민이라면 모를 수가 없는 환락가다. 나의 작업실은 그 한복판에 있었고, 매 출근길마다 취기로 살짝 달뜬 행복한 얼굴로 거리를 거니는 사람들을 마주치는 것은 술을 좋아하는 나에게 엄청난 고역이었다.

여기 있는 수많은 사람들 중에 나 혼자만 일을 하러 간단 말이야…?

　내 목적지만 작업실이란 말이야…?

　일이고 뭐고 당장 발걸음을 돌려 아무 술집에나 냅다 들어가고 싶은 마음만 굴뚝같았다.

　그즈음 나는 문어에 관한 짧은 영상을 하나 보았다. 원체 똑똑한 친구라고 잘 알려져 있는 이 문어라는 동물은, 꿈을 꿀 때 꿈속에서의 모습과 동일하게 몸의 색이 바뀌는 특징을 가지고 있다는 내용이었다. 나는 매일매일 술집 대신 지하실에 갇혀 술 대신 커피를 마시며 건반을 붙들고 있던 그때의 감정을 이 이야기와 합하여 노래 하나를 만들게 되었고, 그 노래는 2020년 2월 말에 발매했던 정규 앨범 3집의 8번 트랙으로 실리게 되었다.

　'꿈속에서는 어디든 가고 무엇이든 될 수 있지만 결국 나는 깊은 바닷속에 있어'라는 창작의 의도 및 기획의 출발점을 살리기 위해 술친구들과 맥주를 먹고 녹음한 버전을 CD의 히든트랙으로도 넣었다.

　그해의 어느 날, 틱톡이라는 SNS 플랫폼을 비롯한 이곳저곳에서 이 노래가 유행을 타고 있다는 소식이 사방팔

방에서 들려오기 시작했다. 이게 도대체 무슨 일인가, 어안이 벙벙한 상태로 틱톡을 켜보니 수많은 사람들이 이 노래의 도입부에 안무를 만들어 영상을 찍고 있었다. 이게 도대체 무슨 일이야? 아니, 갑자기 이게 뭔 일이냐고!

(아마도) 틱톡으로부터 시작된 유행은 이 노래를 대형 통신사의 광고 음악으로도, 어린이들의 애창곡으로도 만들어주었고, 한국 최고의 초거물 펭귄, 뽀로로 선생님과의 콜라보를 성사시키는 등 이례적인 일들을 만들어냈다. 너무나 갑작스럽고도 순식간에 일어난 일이었다. 틱톡을 그렇게 열심히 찍어댔던 2018년에는 아무 일도 일어나지 않더니, 그 어떤 부가 활동도 하지 않은 노래가 갑자기 슈퍼스타가 되다니! 인생이라는 게 정말 한 치 앞도 모르는 거구나 싶었다. 인생은 정말 어려운 것이다.

아무튼 그렇게 〈문어의 꿈〉이라는 노래는 우리 집 기둥을 책임지고 있는 첫째 '홍연이', 둘째 '상사화'에 이어 셋째 포지션에 자리매김하게 되었다.

내가 써서 세상 밖으로 내보낸 노래가 갑자기 엄청난 인기를 얻게 되는 현상은 언제나 신기하지만, 〈문어의 꿈〉은 특히 그렇다. 주 소비층이 어린이기 때문이다. 처음 이런 '인기의 맛'을 보았을 때 나는 이 곡이 만들어지게 된

계기에 대해 깊게 생각하게 되었다.

'솔직히 말하자면… 노래로 술주정을 한 것과도 같은 데…. 이 불순한 의도를 가진 곡을… 자라나는 어린이들이 좋아해도 되는 걸까…?'
나의 첫 번째 고민이었다.

그러나 당장 이 고민보다 먼저 해결해야 할 것이 있었다. 다음 앨범인 〈섬으로〉의 작업이었다. 인생 처음으로 도전하는 세계관 건축 및 스토리텔링이 가미된 작업이었기에 온 정신을 쏟아서 할 수밖에 없었다. 그 정신없는 와중에 얼렁뚱땅 어린이날을 겨냥한 〈문어의 꿈〉 재발매가 결정되면서 첫 고민이 해결되기도 전에 두 번째 고민이 생겼다.

'춥고, 어둡고, 차갑고, 때로는 무섭고, 참 우울한 바다를 그냥 놔둔 채로 발매를 해도 되나? 어린이날에? 어린이들을 향해서?'

수정은커녕 제대로 고민할 시간도 없이 〈문어의 꿈〉은 귀여운 새 옷을 입은 모습으로 재발매가 되어버렸다.

한 광고에 이 노래가 쓰였을 때만 해도, (아무도 묻지 않아서) 노래에 대한 설명을 어디에서도 한 적도 없는데 '어떻게 이 노래의 감정을 이렇게 잘 읽어주셨지?' 하는 놀라움이 앞섰다. 힘든 삶을 버텨나가는 모든 이들은 비록 춥고 어둡고 깊은 바닷속에 갇혀 있을지라도 오색찬란한 꿈을 꾸는 문어다. 감사하게도 많은 분들이 이 광고와 노래에 공감을 해주었고, 광고의 주인공이었던 사회 초년생 '무너'를 보는 나도 함께 뭉클했다.

앞서 말한 첫 번째 고민은 계속 생각해보니 의외로 간단히 해결됐다. 내가 곡을 발매하며 항상 덧붙이는 말이 무엇이던가. '청자의 생각이 모두 옳다', 아니었던가. 비록 불순한 출발점에서 탄생한 곡일지라도, 하루빨리 이승을 탈출하고만 싶은 가수가 "야~ 아아아 아아~" 하는 후렴 멜로디를 울부짖듯 불렀더라도, 노래를 받아들이는 사람의 생각이 나와 다르다면 그 역시 옳다. 미래야 당연히 어떻게 될지 아무도 모르는 것이지만, 이 노래를 듣고 자란 어린이들이 훗날 이 책을 읽게 되어 '아니, 이 이모가 이런 의도로 쓴 노래를 어렸을 때 좋다고 부르고 다녔단 말이야?' 하며 웃음을 터트릴 수도 있는 것이다.

두 번째 고민은 꽤 오랫동안 해결되지 못한 채 마음에 남아 있었다. 어린이와 어둠. 어린이와 슬픔. 어린이와 비극. 어떻게 생각하는 것이 좋은 것일까? 친구의 조카가 문어 노래를 너무 좋아한다는 말을 들을 때마다, '안예은'과 〈문어의 꿈〉을 알게 되는 어린이들이 늘어날 때마다, 초등학교 신청곡 1위에 〈문어의 꿈〉이 랭크되었다는 소식을 들을 때마다 생각했다. 후렴의 모든 단어가 그랬지만, 그중에서도 '참 우울해'라는 구절이 항상 마음에 걸렸다.

이 고민에 대한 해답은 트위터에서 본 한 글을 통해 얼추 해결이 되는 듯했다.

'어린이라는 이유로 비극을 아예 눈앞에서 치워버리는 것은 잘못된 것이다.'

어린이들의 이야기에는 모두가 아는 공식이 있다. '오래오래 행복하게 살았답니다'로 귀결되는 꽉 닫힌 해피엔딩과 권선징악이다. 트윗을 쓴 사람은, 권선징악은 당연히 필요하지만 이야기의 모든 결말이 무조건 행복할 필요는 없다고 말했다. 어린이들도 비극을 받아들일 줄 알고, 받아들이는 힘을 길러주어야 한다는 말이었다.

나는 주인공과 권선징악보다는 악당들과 비극을 좋아하는 어린이였다. 〈라이온 킹〉의 스카, 〈백설공주〉의 마녀, 〈잠자는 숲속의 공주〉의 말레피센트를 좋아했다. 초록색 오로라를 내뿜으며 비릿한 미소를 짓는 그들은 매력적이었고, 만화를 보던 나는 어느 사이엔가 '프라이드 랜드'의 주인이 심바가 아닌 스카가 되면 어떨까 하는 마음을 가지게 되었다. 그러나 스카의 지배를 받는 프라이드 랜드는 불합리와 권력 남용으로 점철된 음울한 땅이었고, 그 땅은 스카의 죽음과 심바의 복권으로 평화를 되찾는다. 스카의 퇴장은 아쉬웠지만 그게 옳은 것이라는 생각은 할 수 있었다. 그 후 세월이 흘러 서른이 넘은 이 시점에도 나는 악당을 좋아한다. 내 최애는 8할 이상이 범죄자다(가상의 이야기 속 범죄자라는 말이다. 오해 없으시길). 캐릭터가 가진 매력과 옳지 않은 것을 구분할 줄 아는 힘, 취향과 현실을 구분할 줄 아는 힘은 어둠과 비극을 보고 직접 생각하는 것에서 길러지는 것은 아닐까?

최근 들어 전자 기기와 유튜브, SNS 등의 발달로 많은 사람들이 긴 문장을 독해하는 힘을 잃어버리고 있다는 소식을 들었다. 내용이 짧게 요약된 이미지나 영상을 보는 일이 비일비재해졌기 때문에 긴 글을 읽고 생각하는 것 자체가 없어지고 있다.

이 현상과 연관되어 있다고 생각할 수 있는 문제가 하나 더 있는데, 자신들이 생각하는 '이야기의 짜임'이 있고, 그대로 이야기가 진행되지 않으면 작가에게 악플을 다는 일이 많다는 것이다. 주인공이 왜 그런 선택을 했는지, 왜 그런 성격의 인물이 되었는지 생각하지 않고 사회가 세뇌한 대로 이리저리 휩쓸려 움직이다 보니 이야기를 자기의 것으로 만드는 힘을, 길 어디쯤에 흘리고도 모르는 것 같다. 윤리에 반하는 것을 지적하는 것과 해석 자체를 제대로 하지 못하는 것은 완전히 다르다.

그래서 나는 '바닷속에 갇혀 있는 우울한 문어'가 어쩌면, 아이들이 질문을 던질 수 있는 무언가가 될 수도 있겠다는 생각을 감히 하게 됐다.

"선생님, 우울한 게 뭐예요?"
"엄마, 우울한 게 뭐야?"
"친구야, 우울한 게 뭘까?"

이곳저곳 즐겁게 여행을 다니는 문어가 사실은 우울했구나 할 수도, 바닷속에 갇혀 있어도 이렇게 다채로운 꿈을 꾸는구나 할 수도 있지 않을까.

어린이들에게 어떤 단어를 주고, 무슨 뜻일 것 같은지 설명을 해보라고 하면 상상 초월의 말들이 줄줄 나온다는 이야기가 있다. (아마도 제일 잘 알려진 것은 '사랑'이라는 단어를 설명해보라고 했을 때 얻은 대답들일 것이다.) 과연 '우울'이라는 단어를 처음 들은 어린이들은 무엇을 떠올렸을까?

내가 확실히 아는 건, 원래는 내 노래 중 제일 슬픈 노래라고 할 수 있었던 〈문어의 꿈〉이 오히려 어린이들이 신나게 불러주어 제일 밝은 곡이 되었다는 거다.

춥고, 어둡고, 차갑고
때로는 무섭기도 한
바다에서 나갈 수 없기에
현실에서 도망치던 문어는
그 환경에서 벗어날 수 없어도
좌절하지 않고
오색찬란한 꿈을 꾸는
문어로 바뀌었다.

어린이 여러분 덕분입니다.
진심으로 감사합니다.

'관람 불가'에 대하여

창작자라면 응당 치열하게 해나가야 할 윤리적인 고민들을 나도 당연히 언제나 하고는 있지만, 〈문어의 꿈〉 말고는 어린이와 연관 지어 깊은 생각을 한 적이 따로 없었다. 그런데 최근 〈창귀〉라는 곡이 〈문어의 꿈〉과 〈홍연〉을 제치고 한 초등학교의 신청곡 리스트 1위를 차지한 것을 보고 또 한 번 머릿속이 복잡해졌다.

〈창귀〉 이전에 '호러송 프로젝트'의 출발선을 끊은 〈능소화〉라는 노래가 있었다. 그 어떤 폭력적인 장면이나 선정적인 장면이 없었음에도 불구, 뮤직비디오는 청소년 관람 불가 판정을 받았다. 정확한 문장이 뭐였는지는 생각나지 않으나 '자라나는 청소년들의 정신 건강에 혼란을 줄 수 있다', 뭐 그런 이유였다. '청소년 관람 불가'라는 것은 선정성이나 폭력성에서 나오는 것이라고 여겨왔기에 그런 판정이 내려질 거라고는 꿈에도 몰랐었고, 이유를 알고 나서는 그냥 그럴 수도 있겠구나 했다. 내가 생각한 기준 외에도 청소년들에게 해악을 끼친다고 판단되는 것들이 또 있구나. 콘텐츠 자체에 대한 고민은 했으나, 배제되는 청소년들에 대한 생각은 하지 않았다는 생각에 부끄럽고 미안하기도 했다. 이후 이 부분을 일깨워준 팬분들의 도움으로 '정신 건강에 혼란을 줄 것 같은' 장면을 편집한 버전을 함께 업로드해 빚진 마음을 조금 덜 수 있었다.

그때도 참 여러 가지 생각이 들었다.

- 나쁜 영향을 끼칠 만한 콘텐츠를 미성년자에게서 차단한다.
→ 이건 맞음.
- 내 콘텐츠가 나쁜 영향을 끼칠 만한 콘텐츠였는가?
→ 그럴 수도 있음.
- 무분별하게 생산되고 불법적인 경로로 쉽게 볼 수 있는 폭력적이고 선정적인 콘텐츠들이 완벽하게 차단되고 있나?
→ 아닌 것 같음.
- 이 사회가 난무하는 콘텐츠를 받아들이기에 앞서 가상과

현실을, 옳음과 그름을 구분할 수 있는, '이야기를 소화하
는 힘'을 길러주는가?

→ 아니오.

소리로 공포를 표현해보자는 원대한 꿈을 가지고 시
작한 일이었기에, 회사의 미지근한 반응에 굴하지 않고
'1년에 한 번 하는 거니까 좀 봐주십쇼' 하며 바닥에 드러
누워 고집을 피운 끝에 세상 밖으로 내보낸 〈창귀〉는 아무
도 예상하지 못한 엄청난 인기를 등에 업고 금의환향했다.
감사하고 신기했다는 말은 (언제나 그렇기 때문에) 굳이 길
게 적지 않겠지만, 이 인기에 유·청소년층이 단단히 한몫
을 하고 있다는 것은 〈문어의 꿈〉 때보다도 신기했고, 혼
란스러웠다. 편곡자들도 함께 당황했다.

"이래도 되는 거야? 어린이들이 들어도 괜찮은 거야?"

구전 설화를 이야기로 풀어놓은 음악이니까 괜찮을 것
이라고 생각을 해봐도 자기합리화 같고…. 혹은 이것을
'취향의 발현'이라고 해도 되는 걸까?

'미성년자는 들으면/보면/읽으면 안 돼'라는 말은 또

하나의 차별은 아닐까. 그러나 다 큰 어른에게도 좋지 않은 영향을 끼치는 것들은 미성년자에게도 보여주지 않는 것이 맞지 않은가. 미성년자의 일에, 미성년자의 성장에 관해서 어른들이 무엇을 해줄 수 있을까. 어떤 기준으로 행동해야 할까.

제일 중요한 것은 역시 '생각하는 힘'인 것 같다. 나의 청소년기는 온통 못난 자신을 저주하거나 악마 같은 누군가를 저주하는 음악들로 가득하다. 그러나 나는 어둠을 소화하는 힘이 있었기 때문에 이것들이 취향의 선을 넘지 않고 성장했을 것이다. 이어폰에서 아무리 증오와 자학의 가사가 흘러나왔어도, 그 가사에 고개를 끄덕였어도 그것은 취향에 지나지 않았다. '나는 하찮은 인간과 다르지' 하며 사회성 없이 다른 사람들과 거리를 둔 채 살았어도 그대로 어른이 되지 않았음은, 그 선 덕분이었다.

내가 심리학자나 사회학자가 아니기 때문에 당연히 이것은 정답이 아니다. 출판이라는 기회를 빌려 그냥 그럴 수도 있지 않을까 하며 풀어놓은 긴 시간 동안의 고민들이다. 모든 것이 너무 어렵다.

정답이 뭘까.

정답이 있긴 할까?

죽기 전에 해답을 구할 수 있을까?

인생이 불확실함으로 뒤덮여 있는 내가 확실하게 말할 수 있는 한 가지는, 우리는 모두 이야기를 소화시키는 힘, 가상의 이야기이건 실제 이야기이건 그것을 보고 직접 머릿속에서 되새김질을 할 수 있는 힘을 가지고 있어야 한다는 것이다.

최근에는 고민이 하나 더 생겼다. 〈문어의 꿈〉의 인기에 힘입어 어린이들과 무대를 꾸미는 일이 잦아졌는데, 나는 형제도 없고 조카도 없는 데다 어린이들과 가까이 지낼 상황 자체를 많이 겪어보지 않아서 이럴 때 도대체 어떻게 해야 하는 건지 정말 너무나 어렵다. 아이라고 해서 무조건 '아이고, 귀여워~'로 가는 건 절대 안 될 일이고, 그렇다고 극존칭을 쓰는 것도 아닌 것 같고. 무대가 끝나면 '수고하셨습니다'가 맞는지, '수고했어요'가 맞는지, 아니, 애초에 '수고'라는 단어를 쓰는 게 맞는 건지, 어린이들의 수고로움을 어떤 말로 지칭해주어야 하는지 질문이 끝이 없다. 어떻게 말하고 행동하는 것이 어린이들을 존중해주는 것일까. 어린이들의 눈높이에 맞는 말투를 쓰면서도 존중해주는 방법이 대체 뭘까. 내가 이런 고민을 하고 있는 동안 어린이들은 내 곁을 떠나간다. 문어 언니는 어린이들과 가까워지는 방법을 아직도 모른다. 통탄스럽다.

지난해 '성북구 올해의 한 책'으로 김소영 작가님의 『어린이라는 세계』가 선정되었다. 감사하게도 이 행사에 초대되어, 거기서 김소영 작가님을 만나 '이 책을 통해서 어린이들과 가까워지는 것에 대해 도움을 많이 받았다'는 감상을 전했다. 그러면서 '나는 이러저러하여 어린이들과 가까워질 상황을 겪은 적이 많이 없어서 방법을 잘 모른다'는 그간의 고민도 털어놓았는데, 작가님은 '이렇게 말하는 사람은 아무도 없었다'며 감동을 받았다고 해서 굉장히 (기분 좋게) 머쓱했다. 작가님은 '어린이는 어디에나 있다'고 했다. 카페에도, 음식점에도, 버스정류장에도, 길거리에도. 그런데 대다수의 사람들은 '주변에 어린이가 없어요'라고 한다며. 우리가 신경 쓰지 않을 뿐이지, '어린이는 어디에나 있다'. 절대 잊을 수 없는 말이다.

요즘은 예전보다 확실히 어린이의 목소리에 주목을 하는 것 같지만, 크게 변하지는 않은 것도 같다. 텔레비전 속

의 어린이들은 어른이 좋아하는 어린이의 특성만을 안고
큰다. 하지만 우리 주변에 있는 어린이들은 입체적이다.
호기심이 많아 무엇이든 만져보고 뛰어다니며, 넘어지고,
신이 날 때는 큰 소리로 무언가를 말하고 자지러지게 웃는
다. 서러울 때는 엉엉 울고, 세상이 흔들릴 정도로 떼를 쓰
기도 한다. 샘을 내기도 하고, 좋아함과 미워함을 안다. 아
직 자라는 중이고 모르는 것이 많다. 알 거 다 알고 배울 것
다 배워가며 자랄 만큼 자란 어른들도 남들에게 민폐 끼치
는 행동을 밥 먹듯이 하는데, 왜 항상 어린이들에게 더 박
한지.

　어른으로서 어린이와 청소년에게, 또 연장자로서 나이
가 어린 사람들에게 어떻게 해야 하는지, 서로를 존중하는
방법은 무엇인지 우리는 끊임없이 고민해야 한다.

덧붙여,
———

우리 아버지도 어린이에게
별로 인기가 없다.
무뚝뚝한 말투와 강한 인상 때문일까?
나는 아버지와
붕어빵 틀로 찍어낸 듯 닮았다.
슬프다.

희민 씨와 미자 씨

지난 4월 22일은 부모님의 결혼기념일이었다. 의도치 않게 그날에 맞춰 아버지의 이야기를 담은 〈노승과 잔나비〉라는 곡을 발표하게 되어 엄마는 혼자 결혼기념일 선물을 주는 거냐며 감동을 받았다. 아무리 아니라고 해도 듣지 않았다. T형 인간 두 명('MBTI 이야기를 할 건데요' 참고)과 평생을 살다 보니 이 지긋지긋한 두 애물단지와 공존하는 자기만의 방식을 계속해서 찾고 있는 것 같다.

요즘은 곡을 낼 때마다 홍보의 일환으로 유튜브 콘텐츠를 몇 개씩 찍어 함께 올린다. 그래서 이 곡을 낼 때는 콘셉트에 맞추어 아버지가 편지를 써주었다. 영상을 촬영하러 가는 날 문간을 나서는 나에게 엄마는 "너 눈물 한 방울이라도 흘리면 내가 1억 줄게"라고 호언장담을 했다. 편지 내용이 형편없어서가 아니라, 내가 워낙에 눈물이 없는 탓이었다.

'부모님의 편지'라는 것은 사람에 따라 일종의 치트키가 될 수도 있다는 생각에 내가 절대 울지 않을 거라는 엄마의 하늘을 찌르는 자신감 앞에서도 왜인지 평소와 달리 계속 의심하며 출근길에 올랐고, 감정의 동요가 이유인 눈물을 7년여 만에 흘렸다. (몇 년 만에 운 거냐는 질문을 하도 많이 받아서 기억을 더듬어보았다. 너무나도 열이 받아 이를 갈며 흘렸다거나, 아팠다거나, 정신병이 걷잡을 수 없이 기승을 부려 흘려버린 눈물을 제외하면, 〈K팝스타 5〉 시절 'Top 10전(戰)' 무대를 마치고 내려와서 엄마와 큰이모를 봤을 때가 마지막이었던 것 같다. 2016년 초의 이야기다.) 그리고 아직도 1억은 받지 못했다.

한바탕 울고 나서 편지를 다시 읽어보았다. 그제야 '그래, 우리 아버지가 글을 잘 쓰는 분이셨지' 했다. '저승에서도 꼭 가족으로 살고 싶은데 어느 기관에 민원을 접수해야 하는지'라는 구절을 읽을 때는 머리를 한 대 맞은 것 같다. 도대체 어떻게 이런 생각을 하는 건가 싶으면서도 물보다 진하다는 피의 농도를 눈으로 확인한 느낌이었다.

To. 딸

이승에서 시작된 인연이 해피함, 괴로움을 뒤로 밀어내며 거침 없이 지나갔네. 30年을 넘게.

느닷없는— 진짜루 성의를 다한 편지를 내어놓으라 하니, 당황 스럽진 안 해도 쪼금 쑥스럽네. 원래 부끄럼이 많은 사람인디.

25개월도 안 돼서 한글을 깨친, 알지? "병원 입구"

온 동네 간판을 줄줄 읽어대던 똑똑이 앞에서 몇 자 적어 보여 줄려니 부끄럽구먼.

아, 그땐 나라를 위해, 나라를 구할, 겨드랑이 밑에 작고 하얀 날개가 있는 훌륭한 아이가 나의 딸이라고 허파가 뒤비지고 바람 꽉 차서 다녔지.

어느 날인가부터 오랜 시간을 방황과 반항으로 너의 심성과, 자아를 잃고 우울함과 괴로움의 날이 계속되었지.

어떠한 삶을 살까, 이대로 하고자 하는 꿈을 접어야 할까 등등 청년기에 누구나 하는, 의식이 있는 젊은이들이라면 하는 고민인 디, 넌 다른 이들보다 더 오랫동안 너 자신을 잃고 지내왔지.

텔레비에 나옴서부터 서서히 회복되는 기미가 보이더만 한 번 더 나락으로 떨어진 정신으로 다니다 최근에서야 너의 본연의 모 습으로— 씩씩해졌드라.

항시 당당하고 가오 있는 자세로다 사회와 맞짱 떴으믄 한다. 권투도 하잖애. 훌륭한 관장님께 무공을 전수받아 저기 강호에 나아가 악한 무리를 물리쳐야 되지 않것냐.

본론이 없이 사설만 횡설수설하는 것 같구먼.
근디 본론은 보통 '착하게 잘 살자', 뭐 이런 내용 아니것냐.

어무이랑 어찌어찌하다 손 붙잡고 같이 살자 했는지. 순한 양과 들개 같은 성향이 끝이서 끝인디. 평생 거짓말 한 번 안 하는, 아니… 못 하는, 수줍음이 차고 넘치는, 얼굴이 조그마한 아가씨잉게 나만 바라보고 살아줄 것 같아서지.

불현듯 생각나는 것이…

감정 표현 잘 못하는, 알아서 챙겨줘야 하는 사람인디 겁나 추운 날 보일러 기름 아니 넣어주고 지방으로 내빼버려서 하룻밤 냉방에서 지내게 했는데도 대수롭지 않게 반겨 맞아주었지.

나의 사업을 해야 많이 벌 수 있다고 여기저기 사고 치고 다녀 통장에 돈이 제로가 아니고 빚투성이 삶을 살아가는데도 그 생기 있고 발랄함…이 아니고, 소심하고, 우울해하면서, 밥은… 물론 안 하지. 옆으로 누워서 꼼짝도 하지 않애.

널 등에 업고 다니면서 너 하나 위안을 삼으며 살았을 거야. 속으로 '저 죽일 놈에 인간', 이러면서. 너 암흑기에도 아부진 별 도움 안 됐을 거고, 어무이도 남편이 원수였을 거야. 내는 죄 많은 인

간이여. 근디,

    넌 해결사여. 아부지 사업한다고 사고 쳐놓은 걸 한방에 없애
주었잖애.
    넌 천사여. 천당까지는 아니 되어도 지옥은 안 갈꺼구먼.

    내는 죄가 많아 불지옥 갈 것 같은디,
    심심하고 갈 곳이 마땅찮으면 같이 가믄 즐겁지 않것냐.
    아, 미자야도 불지옥 구경 같이 가자 해볼까나. 이승에서 가족
으로 인연이 저승에서도 가족으로, 꼭 가족으로 같이 살았으면 하
는디 어느 기관, 어느 부서에다가 민원을 접수해야 되는지 좀 알
아보고 댕겨야겠다.

    〈노승과 잔나비〉 벌써 있어 보이잖애.
    고맙다야. 아부지 노랠 다 만들고.
    너 바쁜디 아부지 노랠 다 만들고.
    너 그 안에 있음서 내 걱정을 다 해주고— 이건 〈신세계〉여.

    아무튼 이쪽 이승에서 때깔 나게 힘차게 살아보고, 저짝 저승
에서도 불지옥잉께 화끈하게 식구, 가족으로 살아봄이 어찌한가.

    아버지여. 끝.

    절필한 지 오래라 글씨가 엉망이네.
    (원래는 잘 씀.)

아버지는 걱정이 너무 많아 모든 행동에 선 먼저 긋는 엄마 옆에서 발꿈치를 슬쩍 움직여 그 선을 지우는 분이다. 내가 뭔가를 시작도 하기 전에 엄마가 저 멀리서 나뭇조각을 들고 뛰어와 낑낑대며 울타리를 만들면, 아버지는 울타리의 일부를 빼돌려 출구를 만들어주거나, 스프레이 통을 잔뜩 들고 와 울타리 위에 그래피티를 그려버리는 분이다. 아버지가 직접 편지에 썼듯 양과 들개가 만난 꼴이라 원래도 많이 부딪혔을 텐데, 내가 태어난 후로는 양육 방식의 문제로도 엄청나게 싸웠을 것이다. 그리고 나는 아버지와 판박이어서 엄마와 참 많이 부딪혔다.

내가 스물네 살이었을 때, 엄마와 대판 싸우고 인생 첫 가출을 한 적이 있다. 엄마가 내 뒤에서 소리를 지르든 울든 말든 가방을 둘러메고 나와버렸다. (아버지를 따라 나도 지옥에 갈 것이다.) 며칠 후 아버지께서는 내가 지내던 곳 쪽으로 찾아와 설렁탕을 사주었다. 아버지는 "독한 년~" 하시며 씩 웃었다.

"2주는 넘기지 마라."

딸자식 밥만 먹이고 쿨하게 돌아서는 아버지의 말씀대

로 나는 2주를 넘기지 않고 집에 들어갔다.

술을 아무리 퍼마셔도 술을 끊으라는 말 대신 어떻게 하면 건강한 몸으로 술을 오래 먹을 수 있는지 알려주는 분. 엄마와 싸워도 무작정 네가 잘못했다고 하라고 하는 대신 정확히 상황을 파악한 후 잘잘못을 가려주는 분. 부모자식 간의 정은 믿지만 성격 차이로 발생하는 일들도 당연한 것이라고 하는 분. 나의 아버지는 그런 분이다.

격동의 80년대에는 시위를 나갔다고 했다. 처음에는, 수업을 빠질 요량으로 낄낄대며 향했는데, 진심으로 분노하고 진심으로 울어대던 사람들을 보고 부끄러운 마음으로 집에 돌아왔다고 했다. 이런 마음가짐으로 참여하면 안 될 것 같다는 생각에 그 후 시위에 나가지 않았다고는 하지만, 아버지의 이야기를 듣다 보면 그때의 그 자리가 처음이자 마지막은 아니었던 것 같다.

불의를 보면 절대 지나치지 못하고, 내 주머니에 먼지만 있을지언정 당장 저녁밥을 먹지 못하는 사람들에게 쌀한 가마니를 그냥 주고 오는 사람. 제3자의 입장에서 보기에는 이만큼 정의로운 분이 또 없지만, 마누라 입장에서는 속이 썩어 들어갔을 것이다. 사실 나는 아버지의 모든 가치관이 옳다고 믿는다. 그러나 불의의 상황을 맞닥뜨렸을 때 처리하는 방식은 반대한다. 나는 최대한 당사자들끼리 조용히 해결할 수 있는 방법을 찾는 편이다. 일이 커질수록 관계도 없는 사람들에게 민폐를 끼칠 위험이 커지기 때문에. 반면 아버지는… 일단 큰 소리(목소리든 다른 소리든)로 분위기를 제압하는 것으로 시작한다. 제발 그러지 좀 말라고 몇 년째 잔소리를 하고 있다.

〈노승과 잔나비〉라는 노래를 냈을 때 엄마는 진심으로 질투를 했다. "엄마는 〈잊는다고 없던 일이〉 녹음했잖아~" 했더니, "그건 네가 쓴 거 아니잖아(내가 작곡만 맡았기에)!"라며 역정을 냈다. 엄마라면, 진심으로 서운했을 것이다.

사실은 청소년기부터 이십 대 중후반까지 엄마와는 싸우기만 했다. 아버지와 내가 너무나 닮은 탓이다. 하지만 이제는 엄마가 왜 서운했을지, 왜 속상했을지, 우울증 치료 전보다는 엄마를 이해하게 되었고, 맞춰줄 수 있게 되었다. 굳이 '맞춰준다'고 표현을 한 것은, 나와 아버지는 상대적으로 상처를 덜 받기 때문이다. 여리고 감성적인 사람에게 맞춰주는 것이 녹록지는 않지만 응당 해야 하는 일이라고 생각한다.

　엄마는, 아버지 말대로 순한 양이다. 가르침 받은 대로, 하라는 것만 하고 하지 말라는 것은 하지 않는다. 멋을 부리는 것을 좋아하던 엄마는 내가 청소년일 때 명절에 노란 머리에 링 귀걸이를 하고 나타나서 친척들에게 구박을 받고 부쩍 소심해졌다. (지금은 아니다.) 아버지나 나는 귓등으로도 듣지 않았을 테지만 엄마는 그랬다. 그렇기에 시집살이도 힘들게 했고, 명절 때마다 고됐을 것이다. 내가 철이 너무 늦게 들어 엄마를 제대로 보호해주지 못했다는 생각에 화가 나고 미안하다. (그래서 타임머신을 타고 시집살이하는 엄마를 만나러 가는 상상, 쩔쩔매는 엄마 앞에서 밥상을 뒤집어엎는 상상, 미자 건들지 말라고 사자후를 쏘는 상상을 하다 그것을 조금씩 글로 옮겨보고 있는데, 언젠가는 완성하고 싶다.)

　엄마는 원래 연예인이 되고 싶었다고 했다. 노래를 부르고 춤을 추는 것도, 사람들 앞에 서는 것도, 사람들의 관심을 받는 것도 좋아해서다. 가끔 내가 아니라 '엄마가 연예인을 했어야 하는데'라는 생각을 하곤 했는데, 본인이 그랬다고 하니 역시 싶더라. 그러나 엄마는 천성이 여린 탓에 꿈이 커지지는 않았단다. 요만한 재주를 가지고 반짝

거리는 사람들 틈에 섞일 용기가 나지 않았다고.

그래서 엄마는 〈잊는다고 없던 일이〉를 녹음할 때 정말 행복해 보였다. 말하지 않아도 행복해 보였는데, 오늘 너무너무 행복했다고, 평생 못 잊을 추억이라고 계속해서 표현했다. 나는 애정 표현에 재주가 없는 무뚝뚝한 딸이라 얼버무리는 대답밖에는 할 수 없었지만, '이것도 효도로 쳐도 되겠지?' 하는 생각에 어깨가 조금 으쓱하기도 했다. 엄마는 유튜브 콘텐츠에도 직접 출연하고, 내 공연의 게스트로도 무대에 섰다. 쑥스럽고 떨리긴 해도, 그런 일들을 좋아하는 사람이라는 게 여실히 느껴졌다.

솔직히 말하면 나는 엄마를 어떻게 대해야 하는지 아직도 찾고 있는 기분이다. MBTI가 정말 많은 도움을 주었지만, 이것이 '사람'을 대하는 팁이지 '엄마'를 대하는 팁은 아니라는 생각이 머릿속에서 떠나지를 않는다. 그러나 엄마도 엄마이기 이전에 이름 석 자 있는 사람이니까, 헷갈리는 지점이 많기는 해도 앞으로도 계속 찾아갈 예정이다.

안 씨 집안 중에서도 제일 드센 안 씨 두 명과 사는 엄마는 하루하루가 고난의 연속일 것이다. 우리는 엄마의 감정에 공감해줄 수는 없지만, 우리가 할 수 있는 일을 한다.

그게 엄마가 원하는 것은 아닐 거라는 것 정도는 알고 있
다. 엄마는 아프다고 할 때 병원에 가라고 하는 사람보다
는 괜찮냐고 걱정해주는 사람을 좋아하니까. 그렇지만 엄
마도 우리가 무던히 노력을 하고 있다는 것을 조금은 알아
줬으면 한다.

이 글을 읽으면서도 엄마는 서운해할 것이다. 내가 부
자가 되면, 우리 가족 모두가 애쓰지 않아도 살아갈 만큼
안정되는 날이 오면, 엄마를 위한 앨범을 만들어주는 것으
로 퉁 치면 어떨까. 하지만 그 전에 엄마의 이야기를 담은
음악을 하나 내긴 해야 할 것이다.

〈노승과 잔나비〉

내가 아주 작았을 때 산타의 편지를 보고
이 할아버지도 우리 아버지만큼이나
글씨를 못 쓰는구나 했지

내가 조금 자랐을 때 한없이 커다란 세상
무엇이든 읽고 그 어디든 걸어가며
손안에 넣어보기도 했지
자유라는 것은 방종 뒤에 온다

하늘 높은 줄 모르고 태양에 데여서 돌아오는 것이
너의 인생이야 네가 만들어가는 것이 그것이

아, 아버지
당신과 꼭 닮은 딸을 낳아서
정의로운 발자국을 그대로
밟아가오 쉬었다가 또 밟아가오

즐겁게는 살되 바르게 살아라
내가 다친다고 해도 수렁에 빠진 놈을 구해주는 것이
좋은 인생이야 수많은 술잔 기울이는 그것이

아, 아버지
당신과 꼭 닮은 딸을 낳아서
비뚤어진 발자국을 그대로
밟아가오 쉬었다가 또 밟아가오

열쇠 없이 감옥 문을 열고서
날아가오 당신 따라 날아가오

서른하나가 된 내가
육십셋의 아버지께

엄마의 환갑 해 생신이 다가오고 있다.
도대체 무얼 해드려야 기뻐하실지…
MBTI 테스트 결과에서 'F' 비율이
80퍼센트 이상이신 분들의 고견을
보내주시면 감사하겠습니다.

인간과 공포

나는 겁이 많다. 취향에 맞을 것 같은 공포 영화 예고편이 뜨면 개봉일만 손꼽아 기다리고, 괴담에 빠삭하고, 비가 오거나 구름이 많이 낀 우중충한 날씨에는 공포 영화 사운드트랙을 감상하며, 벌써 세 번째 호러송을 발매하는 사람이 이런 말을 하면 다들 웃지만, 나는 정말 겁이 많다.

그런데 생각해보면 어릴 적의 예은이는 지금보다 겁이 없었다. 지금은 그렇지 않지만, 그때는(Latte is horse…) 여름이면 '납량 특집'이라는 타이틀을 단 드라마와 예능이 브라운관에 총출동해 시원한(그리고 서늘한) 밤을 보낼 수 있게 해주었다. 그 모든 단편·장편 드라마는 물론, 패널들이 나와 맛깔나게 괴담 이야기를 하는 예능 프로그램들을 꼬박꼬박 챙겨 봤고, 연례행사처럼 그 계절에 개봉하는 모든 공포 영화를 챙겨 보기 위해 친구들과 영화관에 몰려가거나 비디오를 빌려 보곤 했다. 〈착신아리〉, 〈링〉, 〈검은 물 밑에서〉, 〈주온〉, 〈여고괴담〉, 〈알포인트〉, 〈장화홍련〉, 〈디아이〉, 〈셔터〉, 〈샴〉 등. 아, 그 시절은 그야말로 동아시아 공포 영화의 황금기였다. 그리고 『으악! 너무 너무 무섭다!』라는 제목의 만화책도 있었다. 그래, 그때는 '공포 만화'라는 것도 참 많았다. 일본에 계신 공포 만화의 대가, 이토 준지의 작품도 전부 읽었다. (나는 이 작가를 정말, 정말, 정말, 정말, 정말 좋아했다.) 만화책만 봤느냐? 그렇지 않다. 독서를 주제로 한 원고에도 다룰 테지만, 에드거 앨런 포를 읽었던 때도 이때다. 포 씨를 시작으로 온갖 검은 표지의 음침한 책들을 사 모으던 때였다.

그렇다면 언제부터 이렇게 겁쟁이가 되었는지, 무슨 연유로 이렇게 되었는지, 그건 나도 정확히 모르겠다. 그렇다면 (지금보다는 겁이 없었다고 말할 수 있을) 청소년기에는 내가 그런 각종 공포 콘텐츠들을 늠름하게 봤느냐 하면 그건 아니다. 나는 영화관에 가서 공포 영화를 볼 때면 '겁쟁이들의 자세'로 통용되는, 양 엄지손가락으로는 귀를 막고, 남은 손가락으로 눈을 가리는 자세로 두 시간을 버티고 나왔고, 옷장에서 귀신이 나오는 영화를 본 뒤로는 엄마에게 몇 날 며칠을 옷장 문 좀 열어달라고 소리치는 애였다. 〈여고괴담 3〉을 본 날은 집으로 향하는 계단(몇 개 되지도 않았다. 예닐곱 개 정도?)을 올라가다 넘어져서, 갑자기 엄습하는 공포감에 펑펑 운 적도 있다.

대학교 때 산골짜기에서 홀로 자취를 하며 이 겁쟁이 속성이 더 커진 것 같다. 갑자기 집이 정전이 된 날에는 울면서 큰길로 뛰쳐나왔고, 술자리에서 학교에 얽힌 괴담 이야기가 나올라치면 벌떡 일어나 집으로 갔다. 친구의 자취방에 함께 모여 뜻하지 않게 공포 영화를 보게 된 날에는 이어폰을 끼고 두 시간 내내 모니터에 등을 돌린 채 핸드폰 게임을 했다. 스물두 살 때는 초등학교에서 방과 후 수업 교사로 아르바이트를 했었는데, 내가 들려주는 괴담을 너무나 좋아하던 반 학생들의 애정을 계속 받고 싶은 나머지 일주일 내내 인터넷에서 괴담을 긁어모아 수업 때 들려주고, 일주일 내내 형광등과 텔레비전을 전부 켜놓은 채 벌벌 떨며 취침했다. (평생 버리지 못할 이야기꾼 속성인 것이다. 나는 내 이야기를 듣고 사람들이 즐거워하면, 언제나 그보다 배는 더 즐겁다.)

글을 쓰다 보니 조금씩 정리가 되는 것 같다. '납량 특집', '공포'라면 사족을 못 쓰던 그 애는 자라서 부모님의 둥지를 떠나 홀로 생활을 하며 자신을 겁쟁이로 정체화한 것이다. 그래서 그 후에도 공포 콘텐츠에 대한 흥미는 있었지만 '아냐, 난 겁쟁이인걸' 하며 도전할 엄두조차 내지 못했던 거다. 유레카! 그래도 아예 안 본 것은 아니었다. 보고 싶었다. 겁이 흥미를 뛰어넘지는 못했다. 그래서 내가 택한 방법은 겁이 없는 친구와 함께 공포 영화를 보는 것이었다. 귀신이 튀어나오는 지점, 고어한 장면이 나오는 신의 시작과 끝을 알려주는 길잡이를 옆에 앉혀놓고, 타이밍을 대강 외운 다음에 이후에 한 번 더 봤다.

'잠깐, 왜 한 번 더 보는 거야?'

그 질문을 시작으로 나와 공포의 관계에 대해 다시금 생각해보게 되었다. 기억을 더듬어 보니 청소년일 때 내가 가장 하고 싶었던 음악의 장르는 공포 영화 음악이었다. 거기에다 앞에서 나열한 모든 정보들을 종합하면, 어쨌거나 나는 '공포'를 좋아하는 인간이긴 한 것이다. 그즈음 〈역적〉이라는 드라마를 작업하며 알게 된 김진만 감독님이 이 혼란의 실타래에 쐐기를 박는 한마디를 하셨다. 그

때 감독님께서는 영화 〈사바하〉에 꽂혀 계셨는데,

"예은아. 인간이 공포를 느끼는 가장 큰 요소가 뭐라고
생각하냐?"
"예?(갑자기요…?)"
"소리다."

그래, 맞아. 그거다. 뒤통수를 한 대 맞은 느낌이었다.
왜, 같은 공포 영화라도 극장에서 볼 때와 집에서 볼 때 느
껴지는 공포감이 다르지 않은가. 다른 요소들도 물론 있겠
지만, 나는 제일 큰 차이가 바로 소리를 재생하는 시스템
이라고 생각한다. 우리는 공포 영화를 볼 때 무서우면 눈
도 가리지만 귀도 막는다. 그래, 귀를 막으면 덜 무섭다. 그
거였다!

그 후 나는 소리가 만드는 공포에 대해 본격적으로 고
찰하기 시작했다. 그렇게 생긴 궁금증이, '음악만으로 사
람에게 공포를 느끼게 할 수 있을까?'였다. 고민만 몇 년을
하다가 2020년 여름에 드디어 그것을 실현에 옮기게 됐
다. 원체 곡을 쓸 때 이런저런 이야기들을 참고하는 편이
라 주제를 잡는 것이 오히려 쉬웠던 것 같다. 그렇게 내가

'공포 음악'의 주제로 처음 잡았던 것이 능소화라는 꽃의 설화였다. '임금의 성은을 입은 궁녀가 그 후 오지 않는 임금을 기다리다 숨을 거두어 꽃이 되었다'는 이야기였는데, 이 식물은 그냥 꽃이 아닌 덩굴 식물이다. 담을 넘어서까지 네놈을 지켜보겠다는 뜻이 아니겠는가. 이렇게 화끈할 수가.

걱정했던 것보다 작업은 수월했다. 아니, 수월한 정도가 아니라 즐거웠다. '어느 정도로 써야 강하지 않은 음악이 될까?'라는 고민을 단 한 순간도 하지 않아도 괜찮은 작업이었다. 아무리 과하게 가사를 써도, 멜로디를 써도 '납량 특집'이기 때문에 말이 됐다. 내가 언제 또 '지옥'이니 '혈루'이니 하는 가사를 써보겠나 싶었다. 회사에도 같은 이유를 이야기하며 설득했다. "한 번만, 한 번만 해볼게요" 하고.

살면서 한 번 정도는 해보자, 생각하며 시작했던 것이 기대 이상으로 잘됐다.

'어, 이거 시즌마다 해도 되겠는데?'

다른 사람들이 여름을 맞아 청량한 썸머송을 내는 것처럼, 나는 호러송을 내자. 그렇게 나의 '소리로만 공포 만들기'라는 〈호기심 천국〉이나 〈스펀지〉에 나올 법한 실험적인 발상이, '여름이면 돌아오는 호러송 프로젝트'로 바뀌었다.

〈능소화〉 작업을 할 때,
세상에 이렇게 무서울 수가 있냐며
편곡자들과 벌벌 떨었다.
〈창귀〉를 작업하게 될 줄 모르고⋯.

게, 누구인가.
바로 이 몸이올시다!

더디게 흐르는 시간 속, 다시는 돌아올 것 같지 않던 여름이 어김없이 돌아왔고, 2021년 여름에 호랑이에게 물려 죽은 귀신의 이야기를 접하게 되었다. 한국이 조선이었을 때, 지금보다도 훨씬 산이 많았던 지형 특성을 가지고 있었고, 그 수많은 산중(山中)에 호랑이가 그렇게 많이 출몰해서 아무리 무서운 귀신이 탄생해도 실제로 호랑이에게 해를 입는 사람이 압도적으로 많았기 때문에 한국인들에게 호랑이는, 뭐랄까 '최종 보스' 느낌이었다고 한다. 그래서 구전으로 생명을 얻은 귀신이 바로 '창귀'였다. 호랑이에게 해를 입어 죽은 귀신. 자기 대신 다른 사람을 범에게 바쳐야 성불할 수 있는, 희생양을 찾는 귀신. 게다가 한국에만 있는 귀신이라고 했다. 그뿐만 아니라 앞에서 설명한 이유로 한국이 동아시아 국가 중에 제일 귀신의 가짓수가 적다고 하니, 이렇게 흥미로울 수가!

　사실은, 또 걱정부터 앞섰다. 〈능소화〉가 그 정도로 잘될 줄도 몰랐고, 사소한 궁금증에서 출발한 작업이 시즌제가 될 줄도 몰랐다. 그렇기 때문에 전작을 무조건 뛰어넘어야 한다는 강박이 내 앞을 가로막고 '어디 넘어가보시지' 하며 낄낄대고 있는 기분이었다. 그러나 막상 작업을 시작하니 역시 즐거웠다. 나의 오랜 동료인 편곡자들('친구'라는 글에서 다시 이야기해보겠다)은 두 번째 호러송의 제작 소식을 듣자마자 쾌재를 부르며 온갖 요상한 가상 악기들을 모으기 시작했다. 그리고 그 악기들을 전부 이 작업에 쏟아부었다. 나뿐만 아니라 편곡자들도 둘째가라면 서러운 겁쟁이여서, 절대로 해가 진 후에 만나지 않고, 모니터도 서로 미뤄가며 작업을 했다. 편곡 작업을 하고 나니 온갖 기괴한 소리가 잔치를 벌이고 있어서, 이 소리들을 녹음실에서 홀로 헤드셋으로 들을 자신이 없었던 나는 탱화가 그려진 티셔츠를 입고 녹음을 했다.

　사실 데모 곡을 회사에 들려드렸을 때, 회사에서는 너무 매니악하다는 이유에서 관심을 주지 않았다. 앞에서도 언급했지만, 이 프로젝트는 '어떻게 하면 너무 강하지 않은 음악이 될까'라는 고민을 하지 않아도 괜찮은, 1년에 딱 한 번, 아무 걱정 없이 마음대로 이 색 저 색 쏟아붓고, 붓이 휘둘러지는 대로 칠해도 되는 작업이었기 때문에 고집을 좀 부렸다. 장사가 잘되면 당연히 좋고 그것이 소속 가수로서의 도리이겠으나, 허구한 날 이런 작업만 하는 것도 아니고 1년에 딱 한 번 재밌자고 하는 것인데 허락 좀 해달라고 엎드려 빌었다(비유입니다. 서면으로 말씀드렸습니다). 누가 들어도 '대중적인 음악'이라고는 할 수 없으니 다른 도움이나 투자가 없어도 좋으니까 발매만 하게 해달라고. 그래서 뮤직비디오도 따로 맡기지 않고 회사 직원분이 (정말 혼신의 힘을 다해 뼈와 살을 갈아가며) 만들어주었고, 여타 거대한 홍보 같은 것도 하지 않았다. 나는 정말 그냥 그렇게 작은 리본으로 매듭짓는 소소한 여름의 끝자락이 될 줄만 알았다.

　그 어느 누구도 〈창귀〉가 그렇게까지 잘될 거라고 예상하지 못했다. 정말 단 한 명도. 뭐든지 다 아는 우리 엄마도 몰랐다. 솔직히 말하면 지금도 실감이 나지 않는다. 이 직업이 '이 노래가 어쩌다 이렇게 유명해졌지?'의 반복이긴 하지만, 〈창귀〉의 대성공은 다른 곡들의 그것보다 신기하고 어안이 벙벙하다.

여하간 〈창귀〉가 그렇게 효자 노릇을 톡톡히 해준 덕에 회사분들의 '호러송'에 대한 인식도 바뀌게 됐다. 그 전까지는 나와 마찬가지로 '스쳐 지나가는 여름 이벤트' 정도(어쩌면 그것보다 더 잔잔하게 생각하고 있으셨을 수도. 본인이 아니니, 나야 정확히 모르지만)로 생각하고 있었던 것 같은데, '내년에는 더 크게 해보자!'라고 긍정적인 쪽으로 마음을 바꿔주었다.

그래서 나는, 〈능소화〉가 내 뒤에서 제법이라며 박수를 쳐주고, 〈창귀〉가 내 앞을 가로막고 '새로운 걸 또 만들어보시지?' 하며 얼쑤얼쑤 조롱의 춤을 추는 그 사이의 자리에서 준비되지 않은 채로 갑자기 맞이하게 될 수도 있을 여름을 대비하기 위해 계절이 돌아올 때까지 1년이 조금 안 되게 남은 시점에서 당장 세 번째 호러송에 대해 생각하기 시작했다.

그즈음의 나는 〈MIU404(2020년에 방영된 일본 드라마로, 사건의 초동 수사를 담당하는 경시청 이야기를 다루고 있다)〉라는 드라마로 호시노 겐이라는 뮤지션(겸, 배우 겸, 작가 겸)을 알게 되어 그야말로 '미친 듯이' 덕질을 하고 있었는데, 그해 가을 서양 고전 공포 영화인 〈큐브〉를 일본에서 리메이크한 버전의 OST를 그가 맡게 되었다. 나는 예술을 하기 위해 이 세상에 태어난 것만 같은 천재 뮤지션이 공포 영화 OST를 도대체 어떤 식으로 만들었을지 궁금해서 돌아버릴 지경이었고, 목이 빠져라 발매일을 기다리다 발매가 되자마자 허겁지겁 들은 후 엄청난 충격에 휩싸였다. 얼마나 무서울까? 얼마나 살벌할까? 공포감을 조성하기 위해서 무슨 악기들을 썼을까? 나의 예상을 모두 빗겨가는 음악이었다. 무섭지도, 기괴하지도, 살벌하지도 않았다. 아니, 공포 영화 음악을 이렇게 만든다고? 내가 여태 했던 생각은 다 뭐지?

호시노 겐의 〈Cube〉라는 음악은, 어쩌면 그간의 내 생각들이 편협했을 수도 있겠구나, 되돌아보는 시간을 가지게 해주었다. 내가 매해 여름마다 만들고 있는 음악은 발매 두 번째 만에 '호러송'이라는 거창한 이름을 달게 되었는데, 이 연례행사가 더 멀리 가기 전에 잠깐 멈춰 점검을 할 수 있게 되어 다행스러웠다. 호시노 겐, 그는 음악의 신이 분명하다. '얘, 그렇게 만드는 것도 좋지만 이걸 한번 들어보렴' 하고 불쌍한 어린양의 귓가에 나직이 도움을 속삭이러 지상에 내려온 것일 거다.

그래서 세 번째 호러송을 작업할 때는, 이 호러송이라는 배꼽이 배보다 커지지 않게 조심했다. 더 많이 고민하는 것이 아니라, 고민을 많이 덜어내는 방법으로.

내가 계속해서 '호러송'이라는 단어 앞뒤로 따옴표를 찍은 것에는 이유가 있다. 나는 아직 이 명칭이 입에 잘 붙지 않는 데다가 조금 부담스럽기도 하다. 이름을 부여받는 일은 감사하고, 대단한 일이지만, 한편으로는 어딘가에 갇혀 있는 듯한 느낌을 준다. 이 '호러송'이라는 이름은 정확히 무슨 뜻인지, 어디서부터 어디까지 사용할 수 있는지, 그러니까 정확히 어떤 음악을 '호러송'이라고 부를 수 있는지 또 질문이 꼬리에 꼬리를 이었다. 그래서 '간판 달아주신 것은 감사한데… 잠깐 마실 좀 나갔다 올게요…' 하고 스리슬쩍 담을 넘어보았다. 이 터 안에 갇히면 안 될 것 같았다. 그러다 보니 지금까지 한 번도 시도해보지 않은 장르에 손이 갔다. 내가 고르게 된 장르는 디스코였다. 사실, 장르를 골랐다고 해서 곧이 곧대로 작업이 술술 되는 사람이 아니라 계속 걱정이 되었는데, 막상 썼더니, '짜잔~ 댄스곡이 나왔습니다' 하고 어떤 현상이 일어나듯 그렇게 됐다.

이때 내가 매력을 느끼고 있던 주제 중 하나는 도플갱

어였는데, 원전을 찾아보니 독일에서 시작된 이야기라고 나왔다. 곡을 쓸 때 항상 이왕이면 한국의 이야기를 쓰고 싶다거나, 주제에 토속적인 느낌이 없다면 멜로디나 코드, 하다못해 악기 하나에서라도 그 느낌을 살리고 싶다는 생각을 상당히 강하게 하기 때문에 '한국의 도플갱어라고 할 만한 게 없을까?' 하는 물음을 며칠간 계속 머릿속에서 굴리고 또 굴렸다. 그러다가 문득 생각난 것이 바로 '둔갑 쥐 설화'였다. 한국인이라면 어릴 적 한 번쯤은 들어본 바로 그 잔소리.

'밤에 손톱 깎으면 쥐가 먹고 사람 된다!'

작업은 역시, 또, 어김없이, 신났다. 편곡자 친구들은 "〈창귀〉보다 더 재밌는 작업을 할 수 있을까?" 하고 가끔 씩 그때를 되뇌며 혼잣말을 하곤 했는데, "이런 걸 해버리네" 하며 내내 싱글벙글이었다. 나도 그들도 처음 손대는 장르에, 처음 써보는 많은 가상 악기들에 흥을 이기지 못하고 "와, 멋있다. 와, 진짜 멋있다~!" 소리를 질러가며 편곡 작업을 했다. 그리고 작곡가 안예은은, '이 곡에는 춤이 무조건 있어야 할 것 같습니다'라는… 책임지지도 못할 어마어마한 말을 회의 때 뱉어버리게 된다.

이제는 인정할 때가 된 것 같다. 그동안 '내가 춤을 잘 추는 건 아니지만, 못 추는 것도 아니다'라는 생각으로 31년을 살아왔지만, 정말 이제는 그렇게 생각하면 안 될 것 같다. 그럴 때가 왔다. 내 입으로 말하는 것이 진심으로 슬프지만 말해야 한다. 그래, 나는 춤을 못 춘다. 재주가 아예 없다는 것을 이번 작업을 계기로 뼈저리게 느꼈다. 아무리 연습을 해도 태생적으로 안 되는 게 있다.

안무를 만들고, 그것을 받아 연습을 하는 시간을 최대한 넉넉하게 가지기 위해서 편곡 작업을 엄청나게 일찍 해치웠는데, 예상했던 것보다 진행이 늦어져 결과적으로 엄청나게 촉박한 시간에 모든 것을 해내야 했다. 작업자도 물론이겠지만 기다리는 나 역시 조바심과 죄송함에 매일 불안했다. 그 위태로운 날들 끝에 받은 안무는 정말 끝내주게 멋졌고, 다른 분야의 예술과 내 음악이 합쳐지며 괜히 더 멋지게 들리는 경험을 처음 하게 되었다. 그 멋진 창작물을 보며 한편으로는 이런 생각이 들지 않을 수 없었다.

난 좆 된 것 같다.

안무를 만들어주고 나를 지도해준 강상준 안무가님도

아마 이 정도일 줄은 몰랐을 것이다. 첫 회의 때부터 '저 가르치시다가 포기하시면 안 돼요'라고 계속해서 부탁드려 어느 정도 감지했을 수도 있지만, 정말 이 정도로 최악의 몸치일 줄은 몰랐을 것이다. 밤새워 안무를 완성하신 후 '이제 고비는 다 넘어왔다'고 생각했을 수도 있겠다. 그러나 비교도 안 되게 더 큰 산이 있었으니….

춤치는 절대로 거울을 보지 않는다는 사실을 아는가. 우리는 '대강 비슷하게 추는 것 같은데?'라는 어마어마한 착각 속에서 춤을 추고, 거울을 보는 순간 이 아름다운 착각이 한 번에 박살나기 때문에 무슨 일이 있어도 자신의 모습을 제대로 확인하지 않는다. 그리고 여기서부터 문제가 시작된다. 선생님은, 거울 보는 게 어색하다는 걸 알지만 무조건 보고 연습을 해야 한다고 강조했다. 최상의 결과물을 위해 힘겹게 고개를 들어 마주한 내 모습은 그야말로 처참했다. 나는 분명히 선생님과 같은 동작을 하고 있는데 뭐가 이렇게 하나부터 열까지 다 다른지. 내가 내 선에서 할 수 있는 일은 최소한 동작을 달달 외워서 자다 일어나도 1초 만에 출 수 있게 만들어놓는 것뿐이었다. 그래서 정말 최선을 다해 동작을 머릿속에 집어넣고, 안정적으로 외우고 난 후에는 말도 안 되는 수준으로 삐걱대는 내 몸을 이 악물고 관찰하며 최대한 매끄럽게 동작을 수정하는 연습을 했다. (그래도 안 되는 건 안 되더라.)

나는 식당에서 처음 보는 메뉴를 주문하는 것부터 한 번도 해보지 않은 것을 경험하는 것까지, 크든 작든 '도전'이라고 일컫는 모든 것들을 좋아하는데, 춤이라는 것은 나에게 두말할 것 없는 엄청난 도전이었다. 그러나 흥미를 이유로 하는 도전이 아니었고, '완벽한 무대 및 뮤직비디오 촬영'이라는 거대한 목표가 있었기에 마냥 즐거운 마음으로 임하지는 못했다. 거울을 볼 때마다 절망이 앞섰고, 당연히 연습 때마다 위축되었다. 선생님은 물론 다른 것도 걱정이었을 테지만 이 부분을 제일 걱정했던 것 같다.

뮤직비디오 촬영 전 처음이자 마지막 단체 연습 때, 나는 노래를 부르면서 연습을 하기로 굳게 다짐하고 갔다. 그간 립싱크를 하는 게 어색하기도 했고, 립싱크를 할 때와 실제로 노래를 부를 때 얼굴 쓰임의 차이가 많기 때문에 여태 모든 뮤직비디오 촬영 때 그게 몇 시간이 되었든 죄다 라이브로 노래를 불렀다. 어차피 현장에 가면 노래를 부를 것이고, 무대도 해야 하니 지금부터 연습을 해놓자는 생각에서 한 다짐이었는데, 막상 열 명이 넘는 낯선 사람

들 사이에 뚝 떨어지니 목구멍이 꽉 막힌 것처럼 목소리가
나오지 않았다. 아무리 마음속으로 카운트를 세어도 입이
좀체 열리지를 않았다. '으악, 나도 몰라~!' 하는 심정으
로 드디어 노래를 내지른 후, 선생님은 커다란 짐을 하나
덜어낸 듯한 표정이 되어 내가 소화하기 어려워했던 동작
들을 하나둘 빼기 시작했다.

"노래를 같이 하시니까 훨씬 몰입을 잘하시는 것 같네
요."
네, 맞아요. 그것은 제가 과몰입 오타쿠이기에.

한증막 수준으로 습도가 높고 너무나 더웠던 6월 25일,
이렇게까지 일이 커질 줄 모르고 신나게 곡 작업을 해놓은
작곡가 안예은 때문에 몇 십 명이 떼로 고생하며 뮤직비디
오를 찍었다. 곡을 매번 이렇게 써버려서 나 하나 때문에
단체로 고생하는 게 처음도 아니고, 이게 참 달달한 사랑
이야기를 쓰자는 생각으로 건반에 손을 얹어도 그런 평화
로운 곡이 뚝딱 나오는 게 아니어서 다음에는 기필코 쾌적
한 스튜디오로 가자고 확실하게 말씀드릴 수가 없는 것이
특히 죄송하다.

이 글은 발매를 약 일주일 앞두고 쓰고 있다. 이번 곡도 아무쪼록 재미있게 들어주셨으면 하는 바람이 있다. 그리고 회사에서 처음으로 크게 판을 짜도록 허락해주신 '호러송 프로젝트'이기에 쫄딱 망하지는 않았으면 좋겠다. 도, 도와주십쇼….

완벽하게 새로운 창작물이라는 것이 과연 있을까 싶다. 그래서 관점을 아주 살짝만 틀어서, '음악을 만든다' 대신 '소리를 부린다'라는 출발점에 서본다. 그것은 어찌 보면 미묘한 차이지만, 조금 덜 어렵고 조금 더 즐겁다. 소리를 부려 만들어낼 수 있는 이야기는 아직 많이 남아 있지 않을까? 침묵도 음악이라고 하는 작곡가가 있는 이 세상에서, 그 누가 음악과 소리의 명확한 정의를 내릴 수 있을까?

나는 앞으로도 '소리'로 재밌는 것을 많이 할 거다. '음악가' 대신 '소리술사' 따위의, 만화에 나올 법한 이름을 붙여가며 창작에 대한 강박을 덜어낼 것이다. 그러다 보면 또, 많은 사람들이 재밌어하는 무언가가 나오지 않을까.

춤에 대한 꿈을 포기했냐고
묻는다면 그건 아니다.
오히려 춤을 본격적으로
배워보고 싶다는 생각이 더 커졌다.
제발 춤에 대한 열정을
좀 버리라고 읍소하던
친구들의 한숨 소리가
여기까지 들린다.
하지만 난 춤을 출 거야···.

2장

나를 돌보는 하루

내 고향, 세브란스

이곳저곳 좋은 일을 하는 단체에 적은 금액이라도 정기 후원을 꾸준히 하고 있지만 나와 제일 밀접한 관계를 가지고 있는 심장재단에는 정기 후원 신청을 하지 않았다. 언젠가 큰 금액을 한꺼번에 지불한 후 병원 복도에 있는 멋들어진 비석에 이름을 올린다는 유구한 꿈을 가지고 있었기 때문이다. 그리고 며칠 전에 드디어 그 꿈을 이루었다. 이것은 절대로 나 혼자 이루어낸 일이 아니기 때문에 일단 감사 인사부터 전하고 다음 이야기로 넘어가겠다. 오디션 프로그램 출연 이후 운 좋게 찾아온 두 번째 인생의 첫 단추를 다정한 손길로 함께 끼워주신 첫 번째 소속사 팬더웨일 식구들, 비약적인 레벨 업을 할 수 있게 도와주신 두 번째 소속사 더블엑스 엔터테인먼트 직원들과,

무대에 올라가는 '아티스트 안예은'을 만들어주시는 헤어, 메이크업, 스타일리스트 선생님들, 데뷔 때부터 지금까지, 앞으로도 내 옆을 지켜줄(서면으로 기정사실화를 함으로써 절대 도망갈 수 없게 만드는 비열한 방법을 쓰겠다) 우리밴드 및 편곡 팀원들, 나의 삶에 있어서 참 커다랬던 갈림길에서 구원의 손을 내밀어주신 유희열 선생님, 쥐뿔도 없는 신인 작곡가를 절대적으로 믿고 OST를 맡겨준 드라마 〈역적〉의 김진만 감독님, 그리고 이곳에 다 적기도 힘들만큼 많았던 나의 은인들, 나의 친구들, 또 이렇게 한없이 모자란 사람에게 과분한 사랑을 주신 분들께 모두모두 감사의 말씀을 전하는 바이다.

기부를 해낸 날은 정기 검진 날이었다. 나의 병은 어마어마한 병명에 비하면 일상생활에는 커다란 지장까지는 없지만, 완치가 되는 병은 또 아니어서 1년에 한 번씩 검진을 받다가 최근에는 삼십 대로 접어듦에 따라 6개월에 한번씩 병원을 방문하여 검사를 받고 있다.

검사 몇 주 전부터 병원에 가거든, 가자마자 간호사 선생님에게 '기부금 얼마부터 돌에 이름 박아줘요?'라고 여쭤봐야지, 되뇌고 또 되뇌었다. 병원 의료진분들이야 당연히 뿌듯하겠지만 괜히 무게를 잡거나 우쭐하기는 싫어서 최대한 가벼이 웃어넘길 수 있는 담백한 말투로 마음을 전하고 싶다는 생각에서였다(그러나 자랑은 하고 싶기 때문에 돌에 이름이 박힌다는 것이 나에게는 굉장히 중요하다). 접수대에 도착하자마자 준비해온 질문을 던졌다.

"기부금 얼마부터 돌에 이름 박아줘요?"

어린 시절의 나를 키우셨다고 해도 무방한, 소아심장과의 이선 선생님은 한바탕 웃더니 기부금 담당처에 문의 전화를 넣으시고, 산소포화도를 측정하고 있는 내게 "정말 기부하려고?" 물었다. 그렇다고 즉답을 하니 너무나 벅찬 표정으로 꼭 안아주었다. 나도 덩달아 울 것 같아졌지만 나는 로봇의 후예라서 눈물이 나오지는 않았다.

태어나자마자 병원을 전전하던 나로서는 신촌 세브란스 심혈관 센터가 제2의 고향처럼 느껴질 수밖에 없다. 그러나 거의 서너 살 때였기 때문에 나의 기억은 침대에 누워 수술실로 들어가는 길에 본 병원 천장, 공포의 가래 빼는 고무호스, 중환자실의 여러 단편적인 풍경 등 조각조각이어서(이 기억들도 아마 예닐곱 살 때의 것이 아닐까 한다) 부모님의 이야기를 참고하여 나의 어린 시절을 그려보곤 했다.

기부를 하고 돌아오는 길, 그리고 그 후 며칠간은 부모님으로부터 지금껏 들었던 이야기부터 생전 처음 듣는 이야기까지 하여간 참 많은 이야기를 들었다. 이 이야기들을 글을 읽어주는 분들과 함께 나눌 수 있어서 진심으로 기쁘다.

나는 서울 모 병원에서 태어났는데, 출생 직후에 그 병원 의료진들로부터 당장 수술을 해야 한다는 이야기를 들었다고 한다. 아버지는 어떻게 할지 설명을 해줘야 가슴을 열지 말지 결정을 할 텐데, 무턱대고 일단 열어보자고 하니 화부터 났다고 했다. 그 와중에 한 의료진이 '지금 수술 안 하시면 애는 자다가 죽을 수도 있다'라는 엄청난 발언을 해서 아버지는 결국 병원을 뒤집어엎고 나왔단다(딸로서 아버지의 성격을 너무 잘 알기 때문에 그때 그분께 심심한 사과를 전하고 싶다). 이 이야기는 아버지에게 듣기 전에 어머니에게 먼저 들은 바 있는데, 엄마 역시 그때 참 상처를 많이 받았다며 말을 잇지 못했다.

"어떻게 그런 말을 할 수가…."

지금 내가 잘 살아서 삼십 대를 보내는 중이기 때문에 이런 생각을 하는 것일 수도 있지만, 뭐… '그런 말을 할 수가…' 있을 것 같긴 하다.

　　그 후 바로 다른 병원을 찾아서 간 것이 신촌 세브란스였다. 그날 나의 첫 주치의인 설준희 선생님과의 역사적인 첫 만남이 이루어졌다(나야 기억할 수 없지만). 이것저것 검사를 해보고 돌아온 선생님에게 아버지는 지금 당장 가슴을 열어야 되냐고 물었다. 그런데 이전 병원과는 다른 진단이 내려졌다. 지금 열면 안 된다는 것이었다. 수술에 필요한 인공 혈관의 크기가 문제였다. 사람의 동맥은 12밀리미터 정도 되고, 중간 사이즈도 7밀리미터 정도 되기 때문에 지금은 몸이 너무 작아서 몇 년 후에 열어야 해결을 할 수 있다는 내용이었다. 아버지는 체계적인 설명에 신뢰가 생겼고, 그리하여 나의 제2의 고향이 탄생했다.

　　내 살길을 찾아 막 돈을 벌기 시작했을 때 부모님은 '너 수술해준 선생님이 환자 부모님들 모아놓고 우리처럼 애 키우라고 했다'는 자랑을 정말 많이 했다. 나도 감히 이 의견에 동의하고 싶다. '나는 큰 병이 있는 사람이야. 나는 이렇게 하면 안 되고, 저거 하면 안 되고…' 하는 생각을 태어나서 단 한 번도 해본 적이 없다. 나의 반려병 때문에 정신이 무너지고 스스로 움츠러드는 등의 일이 단 한 번도 없었다는 말이다. 평생을 자기혐오와 부대끼며 살면서도 그 이유가 나의 병이 된 적은 없었다.

내가 집보다 병원에서 더 많은 시간을 보낼 때의 어느 날, 나와 같은 병이 있는 아이들의 부모님들이 한데 모이는 자리였던 것 같다. 나의 첫 수술을 맡아준 조범구 박사님(지금은 심장재단 이사장님이 되셨다. 세월이여!)이 이것저것 설명을 해주고, 질문을 받겠다고 했는데, '자전거 타게 해도 될까요?', '턱걸이 하게 놔둬도 될까요?' 등 걱정이 가득한 질문들뿐이었단다. 여기서 박사님의 명언이 폭.발.한.다.

"애들이 알아서 합니다. 그냥 내버려 두세요."

아이들도 자신의 한계점을 스스로 깨닫고 브레이크를 거는 때를 안다는 이야기였다. 말 못 하는 갓난아이도 힘든 때가 오면 울음을 터트릴 것이라고. 그 이야기를 들은 아버지는 자신도 같은 생각이라며 뿌듯해했다지만 그렇다고 해서 아픈 아이를 잘 키울 방법을 아는 것은 아니었다.

"그러면 우리가 해줘야 할 것은 뭡니까?"

아버지의 질문에, 선생님은 그 나이에 맞을지 아닐지 신경 쓰지 말고 많이 보여주고 들려주고 만지게 해주라고, 즉 무엇이든 경험을 하게 해주라는 답을 주었다고 한다. 우리 부모님은 그렇게 했다. 나는 어렸을 때 박물관이나 문화 유적지를 참 많이 다녔었는데, 이것은 지극히 아버지의 취향에 맞춰진 행위였지만 장래 나의 취향 형성에도 지대한 영향을 끼쳤다. (나는 싫은 것은 싫다고 무조건 말하는 성격이고, 어렸을 때도 그랬기 때문에 흥미가 없었다면 함께 안 다니지 않았을까 싶다.)

지금부터는 내 입으로 말하기 굉장히 민망한 이야기를 할 것이다. 그러나 우리 부모님의 말은 아니고 의사 선생님들의 판단이었다고 하니, 나름 객관적인 사실이 아닐까 하여 뻔뻔하게 글을 이어보도록 하겠다.

앞서 말했던 설준희 선생님은 엄청나게 무뚝뚝했다고 한다. 선생님뿐만 아니라 이후 내 수술을 맡아준 박영환 선생님도 그랬다고 아버지는 기억한다. 아버지는 '아, 역시 피 냄새를 많이 맡는 사람들이라 찬바람이 쌩쌩 부는구

나. 정밀한 일을 하는 사람이라 냉철하구나' 하셨단다. 그
런데, 그 냉랭한 분들이 나만 보면 그렇게 다정해질 수가
없었다고 한다. 내가 어렸을 때 굉장히 예쁜 아기였긴 했
다. 지금은… 아무튼.

두세 살 때쯤 인턴 선생님이 IQ 검사며, 발달 정도며 이
것저것 검사를 하고 나서, 엄청나게 머리가 좋은 아이라고
했다고 한 이야기는 지금까지도 우리 부모님의 자랑이다.

"아버님, 그냥 우수한 게 아니라요. 엄청나게 똑똑한
애예요. 생각을 많이 안 하고 답을 즉각즉각 찍습니다. 창
의력도 대단한…."

아, 역시 내 손으로 쓰려니 민망해서 미칠 것 같다. 지
금 서울 모처의 카페에서 이 글을 쓰고 있는데 마스크 안
에서 수상한 웃음을 짓고 있다.

내가 알기로 나는 네 살, 여섯 살, 일곱 살, 열두 살 총
다섯 번의 수술을 했다. 마지막 수술에서 내부 출혈이 멈
추지 않아 닫았다가 다시 열어서 총 다섯 번이다. 내 기억
은 아마도 예닐곱 때부터의 것이 아닐까 한다. 어느 날, 장

기 입원을 밥 먹듯이 하는 딸자식을 위해 아버지는 장기판과 화투를 사 왔다. 나는 장기판(말을 자석으로 부착할 수 있고 뒤집으면 바둑판이 되는 물건이었다)을 옆구리에 끼고 온 병동을 돌아다니며 상대를 찾아 "한판 붙어!"를 외치고 다니는 어린이였다. 그래서 병원에 있던 아저씨들이 내 모습이 보이면 순식간에 사라졌다고 한다.

그때는 꽤나 늠름한 어린이였나 보다. 아침마다 선생님들이 회진을 돌며 피를 뽑아 가고 가슴팍에 청진기를 가져다대는 시간에, 나는 그들이 오기도 전에 소매를 걷고 병원복 앞섶을 풀어헤치고 앉아 있었다고 하니 말이다. 작디작은 인간이 그런 모습으로 있었다는 상상을 하니 웃음이 절로 난다. 쪼그만 게 멋있는 척이야. 그렇게 씩씩했던 어린이는 지금 둘째가라면 서러운 겁쟁이가 되어 채혈하기 싫다고 엄마의 팔을 붙잡고 늘어진다. 그 모습을 본 엄마가 '얘가 어렸을 때는 이러지 않았는데…' 투덜대며 해준 이야기다. (우리 엄마는 나보다도 겁이 많다. 주삿바늘도 못보는 사람이 나에게 겁쟁이라고 짜증을 내는 것은 좀 아니지 않나 싶다.)

수술실 입장 직전에 몰려오는 공포부터, 마취 없이 즉

각 뽑아내는, 몸속에 물이 차는 것을 방지하는 용도로 옆구리에 박아놓은 굵은 호스(와 거기 매달린 커다란 통)까지 그야말로 모든 것을 용감하게 참아내던 어린이 안예은이 가장 싫어했던 것은 가래를 빼내는 고무호스였다. 나와 부모님은 그것을 '칙칙이'라는 명칭으로 불렀다. 간호사 선생님이 '칙칙이'만 가지고 오면 입과 코를 틀어막았다고 했다. 아직도 그 고무호스의 색깔과 두께, 냄새가 정확히 기억나는 것을 보니 정말 싫긴 싫었나 보다 싶다.

내가 싫어하던 것이 또 하나 있었다. 병원 밥이었다. 지금은 병원 밥이 건강식인 것을 알고 감지덕지 먹지만(맛도 있다. 나이와 입맛의 변화는 정말 상관관계가 있는 것인가?), 그때야 뭘 알았겠는가. 달고 짠 것만 좋아할 나이에 죄 슴슴한 간의 반찬이며 국이 입에 맞을 리가 없었다. 내가 밥을 먹지 않을 때마다 엄마는, 드라마에 나오는 비련의 주인공처럼 '딸애가 큰 수술을 하고 앞 병원에 입원해 있는데, 병원 밥을 도저히 안 먹어서…'라는 대사와 함께 곱창집, 갈비집, 파스타 집을 종횡무진하며 원래대로라면 포장이 불가능했을 음식을 전부 포장 용기에 담아 왔다. 성함도, 얼굴도, 가게 상호명도 모르는 그때의 사장님들과, 또 그분들의 따뜻한 마음에 이 자리를 빌려서라도 무한한 감사

를 전하고 싶다. 엄마도 그때 이야기를 하면 항상, 그래도
세상이 참 살 만하구나 싶었다고 하신다.

　그렇게 세 번의 수술을 무사히 마치고 여느 아이들과
다름없이 자라나던 나는 예고에 전혀 없던 수술을 한 번
더 하게 된다.

아직도 나는 병원이 무섭다.
아마 머리가 하얗게 세어서도
채혈하기 싫다며
울상 짓고 있지 않을까?

네 번째 수술

열두 살, 나의 네 번째 수술은 어린 날 돈가스 먹으러 가자는 말에 집을 나섰다가 예방 주사를 맞게 되신 노홍철 선생님처럼, 매해 받는 검진을 하러 갔다가 덜컥 하게 되었다. 산타야, 없을 수도 있지만 갑자기 가슴을 열어야 한다는 것은 정말 엄청난 절망감과 배신감을 주었다. 나에게 주어진 이 비극이 싫었고, 엄마 아빠는 나에게 맞서는 비밀결사대처럼 보였다.

그때 나는 누운 채로 천장을 보며 수술실에 들어가는 것을 끔찍하게 싫어한 탓에 침대 위에 앉은 채로 대성통곡을 하며 수술실로 끌려 들어갔다. 다들 알다시피 나는 목소리가 굉장히 크다. 그래서였는지, 아마 그래서였을 것이다. 수술실에 입장하자마자 마취과 선생님께서 나를 바로 재웠던 기억이 난다.

  이쯤에서 감사 인사를 전해야 하는 분들이 또 있다. 나는 태어나기를 오타쿠로 태어나 유소년 때부터 오타쿠 오프라인 모임에 참석하는 될성부른 떡잎이었다. 내가 처음 참여하게 된 연예인 팬클럽 오프라인 모임은 바로 드라마 〈대장금〉에 민상궁 역으로 출연하셨던 김소이 배우님의 팬클럽 모임이었다. 드라마 자체도 정말 좋아했고, '가늘고 길게 사는 것이 꿈'이라는 대사를 달고 다니는 능청스러운 궁녀가 참 좋았다. 있는 옷 중에 가장 멋진 옷을 차려입고, 엄마와 함께 고른 손수건을 선물로 들고 참석한 기억이 난다. 이 부분을 쓰는데, 그만 헛웃음이 났다. 더 부끄러운 아기 오타쿠 때의 기억이 많지만 그것들까지 굳이 써서 나의 첫 책을 더럽히지는 않겠다. 그리고 무엇보다 '팬심'은 절대 숭고하다. 아무튼 나의 마지막 수술은 그 모임이 있었던 해의 겨울에 하게 되었는데, 팬클럽 회원들이 나에게 엄청난 양의 헌혈증을 기부해주었다. 부모님은 어떻게 감사드려야 할지 모를 정도의 고맙고 벅찬 마음을 잘 전했으나, 나는 제대로 인사를 드린 적이 없는 것 같아 이 기회를 빌려 또 감사를 전해본다. 진심으로, 진심으로 감사드립니다.

통상적인 회복 기간보다 훨씬 빨리 회복을 하던 어린이는 온데간데없고, 눈물 바람으로 매일 아침을 맞는 청소년이 있었다. 아프지 않아도 울었고, 아프면 더 울었다. 병원 복도에 발자국 소리만 나도 이불보를 뒤집어쓰고 있는 힘껏 눈을 감았다. 아마 인간에 대한 불신이라는 것이 그때부터 본격적으로 싹트기 시작한 게 아닐까 싶다. 앞에서 묘사했듯 나는 부모님이 수술할 걸 알면서 '그냥 검사하러 가는 거야~'라고 나에게 거짓말을 했다고 굳게 믿었다. 그런데 나중에 이야기를 들어보니 부모님도 전혀 몰랐었다고 한다. 정말로, 검사를 해보니 문제가 발견되어 수술을 진행해야 하는 상황이었다고. 나만큼 부모님도 억장이 무너졌으리라 생각한다. 원래대로라면 퇴원하고도 남았을 한 달이라는 긴 기간 동안 계속 입원을 해 있었다. 내 상태를 본 선생님은 퇴원을 하라고 했지만 아버지는 아직 통에 물이 고인다며 걱정스러운 마음을 내비쳤다.

"그 정도는 금방 마릅니다. 뭐가 됐든 일단 퇴원하는 게 맞아요."

그 말 덕분에 지긋지긋한 병원 생활이 끝났다. 가족 모두가 정신적으로 너무나 괴로웠던 때였지만 잘 지나왔으니 일단락 짓고 싶다. 그 수술을 끝으로 더 이상 가슴을 여는 일은 없었다. 그렇게 무사히 열다섯 살이 된 안예은은 인생에 있어 처음으로 노골적인 '차별'을 경험하게 된다.

그때의 나는 '말뚝박기'라는 놀이에 상당히 심취해 있었다. 아, 나는 그때 판치기도 다른 반 친구들이 원정을 올 정도로 잘했다. 다른 친구들은 손이 커서 대개 동전을 한 번에 엎는 것을 노렸는데, 실패하면 그 기회는 전부 내 것이었기 때문이다. 나는 손이 작아서 동전들의 틈새에 손을 놓고 칠 수가 있었다. 굉장히 유리했다. 아무튼 간에.

종례 시간에 담임 선생님께서 혼을 낼 요량으로 "말뚝박기 한 사람들 다 일어서!" 호통을 쳐서 친구들과 함께 주섬주섬 자리에서 일어났다. 다른 친구들에게 차례로 주의를 주던 선생님이 갑자기 나에게 "너는 몸 아프다고 서서 가위바위보만 한 거 아니지?"라고 하셨다. 이게 뭔 소리인가 싶었다. 너무 황당했다. 뭔, 뭔…. 당최 무슨 뜻인지도 모르겠고 그 상황 자체가 도무지 이해가 가지 않았다. 머리가 일시적으로 정지된 것 같았다. 그래서 그 상황에서 내가 할 수 있는 말은 "아닌데요"밖에는 없었다.

그 선생님에게 도대체 무슨 미운털이 박힌 건지 나는 시도 때도 없이 교무실로 불려 갔다. 그 선생님은 내가 뭘 하든 "몸도 아픈 애가…"라는 말로 훈계를 시작했다. 하루는 너무 화가 나서, "제 걱정 해주시는 건 감사한데 병 얘기 좀 그만하셨으면 좋겠는데요" 하니, 교무실은 정적에 휩싸였고, 선생님은 몇 마디 얼버무리다가 입을 닫았다. 나중에 엄마를 통해 이 미운털의 이유가 밝혀졌다. 당시 내가 학급 부회장을 맡게 되어 엄마가 회장 친구의 어머니와 함께 학기 초에 선생님을 뵈러 갔는데, 촌지를 주지 않았던 거다. 대화를 해보니 도저히 주고 싶은 마음이 들지 않아 '예은아, 네가 1년만 고생해라' 하고 와버린 게 이렇게 부메랑처럼 돌아온 것이다.

그 선생님은 나에게 꽤 커다란 깨달음을 주었다. 나 스스로 나의 병이 별것 아니라고 생각하고 살아도 다른 사람은 아니구나. 굳이 병이 아니더라도 수많은 이유에서의 수많은 차별이 존재하겠구나.

그리고 열아홉 살 때 나는 인생의 터닝 포인트라면 터닝 포인트일 상황을 겪게 되었다. 병원에서 주최하는 환우회에 간 날이었다. 그 시절 신촌에는 '쏘렌토'라는 양식집이 있었다. 엄마와 정기 검진을 가면 항상 그곳에서 식사를 하고, 신촌 백화점을 구경하는 것이 의례였다. 부끄러운 이야기지만, '환우회? 대충 몇 시간 앉아 있다 오면 맛있는 거 먹겠지' 하는 상당히 가벼운 생각으로 참석했다.

11년 전의 나는 특징이랄 것이 없는, 그냥 '열아홉 살 청소년'이었다. 일찍 데뷔해 유명세를 얻거나, 특출 나게 공부를 잘하거나, 사회에서 통용되는 '성공했다고 할 수 있는 부분'이라고는 찾아볼 수 없는. 대학은 가야 하고, 연습은 하기 싫고, PC방 가서 게임 한판 할 생각밖에 없는 그냥 그 나이대의 철없는 고등학생. 그런데 그날, 나를 보고 희망을 얻어가는 사람들이 있었다. 나와 같은 병을 가진 아이를 키우는 어머니들이었다.

'우리 아이도 열 살, 열다섯 살, 스무 살이 될 수 있어.'

남들에게는 아무것도 아닐 그 일들이 그분들에게는 표현할 수 없을 정도의 큰 의미를 가지는 것이었다. 충격적이었다.

'나를? 내가 대견하다고? 나는 아무것도 아닌데? 왜? 살아 있어서.'

나는 그때 음악 특성화 고등학교에 다니고 있었고, 진로도 어느 정도 정한 상태였다. 그래서 그 환우회 이후로, '내가 정말 만약에, 직업적으로 미미하게나마 성공을 거둬 언제라도 텔레비전에 나가 짧게라도 말을 해볼 기회가 생긴다면 내 병에 대해서 꼭 이야기해야지'라는 생각을 가지고 살게 되었다.

운이 좋아 대형 오디션 프로그램에 출연하여 얼굴을 알리게 되었을 때, 매일매일 그려보던 나의 꿈을 실현하는 첫 순간이 찾아왔다. 〈봄이 온다면〉이라는 노래를 부를 때 했던 인터뷰에서 나의 병에 대해 이야기했다! 실로 뿌듯한 순간이 아닐 수 없었다. 그런데 노래를 마치고 내려와 마주한 엄마는 '엄마가 건강하지 못한 몸으로 너를 낳아줘서 미안하다'고 했다. 거의 조건반사 수준으로 눈물이 날 뻔했지만 원체 눈물이 없는 내가 우는 모습이 방송에 나가면 친구들이 얼마나 놀려댈지 아찔해져 이를 악물고 참았다. 숙소로 돌아와 그날 방송을 봤는데, 엄마가 관객석에서 우느라 고개도 못 들고 있는 모습이 화면에 턱 나왔다.

'우리 엄마 저렇게 여려서 어떡하누.'

부모님의 죄책감이야 이해는 하지만 뭐 어쩌겠는가. 그들의 잘못도 아니고, 나는 성치 않은 몸뚱이로도 잘 자라 서른하나를 목전에 두고 있다. 그리고 '뭐, 어떻게 해. 이렇게 됐는데. 다음에 잘하자~' 하는 사람으로, 지난 일에 미련을 갖지 않는 성격으로 키워주신 것 또한 부모님이다.

데뷔한 지 얼마 되지 않은 시점에서, 대형 포털 사이트에서 스토리 펀딩이라는 것을 제안해왔다. 나의 병과 성장이야기를 연재하듯 인터넷에 게재하고, 그에 따라 일정 금액을 받아 펀딩 목표액이 채워지면 기부를 하는 형식의 프로젝트였다. 그동안 내내 바라왔던 것인데 두려움이 앞섰다. 나는 이것이 나와 같은 병을 앓는 사람들, 나와 같은 병을 앓는 아이를 키우는 사람들에게 힘이 되길 원하면서도 동시에 '심장병이 있는데 세상에나 가수를 한단다' 식으로 비춰지는 것이 싫었다. 소위 '감동 포르노'라고 불리는 것들이 싫었다. 거동이 불편한 장애인이 버스킹 공연을 하는 모습을 보고 '나도 더 열심히 살아야지' 다짐하거나(대체 왜), 장애인을 도와주는 시민들의 모습을 관찰하기 위한 깜짝 카메라라거나(왕 짜증) 하는 식의. 태어난 대로 살아가는 모습이 남의 삶을 위로하기 위해서 존재하는 건 아니니까. 그렇지만 아무튼 진행은 했다. 한 명이라도 힘을 얻을 수 있다면 하는 게 맞다는 생각에서였다. 그리고 그 프로젝트에는 환아들의 부모님들이 쓰신 댓글이 수없이 달렸다. 하길 잘했다, 싶었다. 정말로.

그 이후로 기회가 될 때마다 나의 병 이야기를 하고 있다. 예능 프로그램인 〈복면가왕〉에 출연하여 병 이야기를 했을 때도 환아의 부모님들에게 정말 많은 댓글과 DM을 받았다. 다행스러웠다. 심장병뿐만 아니라 우울증이나 아토피, 몸의 흉터, 고르지 못한 피부 등 다양한 이야기를 하며 살아가려고 한다. '저도 몸에 큰 흉터가 있는데, 언니 덕에 처음으로 민소매를 사봤어요'라는 DM을 처음 받았을 때는 정말!!

나의 수술 자국은 쇄골뼈가 마주 보는 지점 바로 밑에서 출발하여 밑가슴 지점에서 끝난다. 원래는 배꼽 위까지 자리하고 있었지만 시간이 많이 흘러 반토막 정도는 굉장히 옅어졌다. 평생 시뻘건 색일 줄만 알았는데 참 신기하다. 그리고 앞서 말한 '물 빼는 통'의 호스를 꽂았던 자국이 각 가슴 밑에 두 개씩, 그리고 양쪽 옆구리에도 각 두세 개씩, 본격적으로 심장을 만지기 전 준비 단계로 진행했던 수술 자국이 오른쪽 날개뼈 바깥을 빙 둘러싼 모양으로 하나(이 수술 자국은 진짜 좀 멋지게 생겼다. 사극 작품 안에서 최고로 멋진 무사 캐릭터가 갖고 있을 것같이 생겼다. 정인을 잃은 전쟁터에서 얻었다거나, 목숨과도 같은 스승을 잃은 전쟁터에서 얻었다거나. 농담이 아니다. 아, 이걸 어떻게 보여드릴 수도 없고). 손등에는 셀 수도 없을 만큼의 링거 바늘을 꽂았던 작은 흉터들이, 팔다리와 목에는 아토피 때문에 긁어댄 흉터들이 있다.

이게 내 몸이다. 컨실러로 깔끔하게 정돈된 피부가 아닌, 상처와 흉터로 얼룩덜룩한 피부가 내 피부다.

꽤 예전에 스쳐 지나가듯 본 글이 하나 있다. 사실 정확하게는 기억이 나지 않는다. '몸의 흉터는 그 사람의 역사이고 만들어낼 수 없는 멋진 타투…' 어쩌고 하는 그런 내용이었다. 나의 몸은 세상 어디에도 없는 역사책이다. 그리고 나는 말 그대로 죽음의 문턱을 몇 번이고 넘으며 얻은 흉터들로 온몸이 뒤덮여 있는 끝내주게 멋진 사람이다.

각자의 콤플렉스를 극복하는 방법은 지구상에 사는 사람의 수만큼이나 가지각색일 것이다. 내가 하고 싶은 말은, 내가 그 방법을 구체적으로 제시해줄 만큼 현명하고 지혜로운 사람은 아니지만, 어찌 됐든 극복할 수 있다는 것이다.

누군가에게는 살아 있다는 이유 하나만으로도 희망이 된다.

신촌 세브란스 소아심장과의 전 의료진 선생님들에게 이 글이 선물이 된다면 참말로 좋겠습니다.

심장재단에 또 기부할
커다란 한 방을 계속 생각하고 있다.
기부자 명단을 보면, 금액이 높을수록
이름이 왼쪽으로 간다.
기필코 맨 왼쪽 자리에 이름을
올릴 것이다.

흉터

31년을 흉터가 한자 단어인 줄만 알고 살아왔는데(대충 흉할 '흉' 자에 자리 '터' 자, 이런 느낌), 검색해보니 한글이었다. 낱말의 계통과 관계 없이 어원을 보니 긍정적인 뜻을 가진 단어가 아니었다. '흉'이라는 글자에서 출발하여, 그 흉이 남은 '자리'라는 의미로 흉터라고 부르는 것 같았다.

내 몸에는 흉터가 아주 많다. 어린 시절에는 이런 흉터들이 꽤 콤플렉스여서, 여름에도 웬만하면 긴팔을 입고, 가슴 부분이 파인 상의는 절대 입지 않았다. 파편처럼 남은 기억의 조각들 중에는 내 손등을 보고 화들짝 놀랐던 유년기 때의 친구, 사촌 동생과 같이 목욕을 하러 갔다가 내 수술 자국을 보고 울음을 터트린 사촌 동생이 있다.

　물론 이런 직접적인 상황들도 흉터를 자꾸만 감추게 되는 것에 단단히 한몫을 하겠지만(상대방의 잘못이라고는 절대 생각하지 않는다. 모두 열 살도 채 되지 않았을 때의 일이니 당연한 것이다) 간접적으로 겪게 되는 것들의 영향도 무시할 수 없다고 느꼈다. 이 자국을 가리키는 단어부터 '흉'이 남은 '터'라는 뜻이기에 드러내면 안 된다고 생각할 수밖에.

　고등학교 3학년 때 나는 집에서 한 시간 정도의 거리에 있는 학교에 지하철을 타고 다녔다. 반팔 교복을 입는 몇 달간 평생 치를 곤욕을 다 치렀다고 해도 과언이 아닌 것 같다. 지하철에 타자마자 나의 팔다리로 쏟아지는 관심을 내향형 인간이 감당할 수 있을 리 없었다. 말을 붙이는 사람도 정말 많았다. 반갑지 않은 대화의 주제는 주로 '내 친구의 형제의 아내의 조카의 뭐시기의 저시기의 누가 이렇게 치료를 했는데 나았다더라!'였다. 처음에는 당연히 어떤 좋은 마음에서 나오는 호의라고 생각해 감사 인사를 했으나, 그분이야 한 번의 담소 나눔이었겠지만 나는 아니었던 터라 자는 척을 하는 날이 늘어갔다. 자리에 앉아 자는 척하기 어려운 등하교 시간대에는 거의 대부분의 시간 동안 지하철 손잡이를 잡고 선 채로 '네…', '넵…', '아, 네…', '예…' 텅 빈 대답을 하는 로봇처럼 다녔다. 이어폰을 꽂고 있어도(그 시절에는 무선 이어폰이 없었기 때문에 앞구르기를 하면서 봐도 이어폰을 귀에 꽂은 티가 났다) 어쩜 그리 줄기차게 말씀들을 건네는지. 이런 경험을 한 사람이 절대로 나뿐만이 아닐 것이다.

그러던 어느 날, 여느 때와 다름없이 지하철에 지친 몸을 싣고 하교를 하던 나의 눈에 들어온 한 광고가 있었다. 흉터 제거 연고의 광고였다. 광고판에서는 흉터를 절대 지워지지 않지만 꼭 지워내야 하는 극악무도한 기름때처럼 묘사하고 있었다(광고에서 실제로 기름때에 비유를 한 것이 아니라 그냥 나의 비유다). 그때 처음 흉터라는 것에 대해 생각을 해보게 된 것 같다. 이게 그렇게 꼭 지워야 하는 건가? 흉터를 만진다고 뭐가 옮는 것도 아니고. 막 바이러스가 여기서 뿜어져 나오는 것도 아니고. 굳이 저렇게까지 해야 되나?

정말 이 자국들이 나의 '흉'일까? 그래, 물론 보기에 예쁜 것이라고 할 수는 없겠다. 그러나 기필코 숨겨야 하고 없애야 하는 것일까 하는 거다. 한 곳에 흉터가 쌓이고 쌓이다 보면 그 부분만 어둡게 변한다. 내 팔과 목, 눈은 지금 그런 상태다. 그렇다면 이것은 뭐라고 명명할 것인가? 이 것도 흉터 축에 껴주나? 어쨌든 '미관상' 예쁜 것은 아닐 것이다.

인형처럼 매끈한 팔다리가 부러웠던 적도 있었다. 아 니, 인생 거의 대부분의 시간 동안 부러워했었다. 저렇게 흉터 하나 없는 팔다리를 달고 살면 어떤 기분일까 궁금했 다. 그리고 머지않아 나는 그 기분을 느끼게 된다.

지금은 꼭 그래야만 하는 게 아니지만 몇 년 전만 해 도 몸에 흉이 있는 나는 카메라 앞에 설 때 필수적으로 팔 다리에도 분칠을 했었다(그게 아니면 긴팔을 필수로 입었다). 일단 흉터를 화장품으로 가린다는 것에 반감이 들었고, 화 장품 기능이 어찌나 좋은지 여기 흉터가 있었던가, 착색이 있었던가 싶을 정도로 싹 지워지는 것을 보며 엄청난 위화 감이 들었다. 이게 내 팔다리인가. 아닌 거 같은데. 인형에 서 팔다리를 떼어다가 내 몸에 붙인 것 같았다. 흉터투성 이인 내 몸이 부정당하는 기분이었다. '이건 정상이 아니 야. 흉터가 있는 몸은 안 돼' 하고.

그래서 나는 본격적으로 흉터를 내놓고 다니기 시작했다. 하지 말라면 더 하는 게 인간의 특징 아니겠는가. 몸매에 자신이 있는 건 아니지만(당연함) 여름이 되면 가슴 부근이 한껏 파인 민소매나 오프숄더 티셔츠를 입고 다녔다. 이게 내 몸이라고, 남들과는 다르지만 틀린 건 아니라고 말 그대로 '온몸으로' 외치고 다닌 격이다. 그 후 시간이 조금 흐른 뒤, 나는 한 팬으로부터 '언니 덕에 흉터가 드러나는 옷을 처음 사봤어요'라는 DM을 받게 된다. 사실 나는 다른 사람이 나를 어떻게 볼까 등은 전혀 의식하지 않고 그냥 내 감정만 앞세운 채로, '얘들아, 이런 몸도 있어! 이걸 좀 봐봐!' 하면서 돌아다니던 아주 이기적인 아이였는데, 누군가가 나를 보고 자신의 흉터에 대해 다시 생각해보게 되었다고 하니 뭉클하기도 하고 다행스럽기도 했다. 기분 좋은 책임감 비슷한 것을 어깨에 둘러메고 더 적극적으로 흉터를 내놓았다.

정규 2집 타이틀 곡인 〈유〉의 뮤직비디오를 찍을 때였다. 감독님은 촬영 후에 내게 조심스레 와서, '실례가 될 수도 있지만 혹시나 해서 물어본다'며 필요하면 포토샵으로 흉터를 지울 수 있으니 얘기해달라고 했다. 내 평생의 동반자인 아토피가 아주 기승인 때였다. 팔다리는 물론이

고 가슴팍과 목까지 안 긁어놓은 곳이 없었다. 당연히 상
처도 흉터도 많았다. 정말 엄청나게 더운 여름이었다. 나
는 굳이 지우지 않아도 된다고 말씀드렸다. 나름 콘셉트에
도 맞는 것 같고, 이게 뭐라고 굳이 일감을 더 만들 필요 있
을까 싶었다.

　나는 아토피를 가지고 있는 게 싫다. 피부가 너무 예민
해서 멋진 타투 하나 장만하지 못하고, 여름에는 땀 때문
에 가려워서 힘들다. 생리 때는 어쩜 그렇게 칼같이 정확
한 날짜에 얼굴이 뒤집히는지 욱신거리고 따가워서 세수
도 제대로 할 수 없다. 특히 치료가 어려운 눈 부분에 아토
피가 심하게 올라오는 탓에 양 눈의 각막이 망가져 인공각
막을 만드는 수술까지 해야 했다. ('원추각막'이라는 병명이
었다. 아토피 환자들에게 발병하는 비율이 높다고는 하지만 내
가 잘못한 부분도 있다. 그중 하나는 렌즈를 낀 채로 잠드는 것이
다.) 건강하지 않아 신경 쓸 부분이 많은 육체는 피곤하다.
심장 기형보다는 아토피가 훨씬 실생활에서 불편한 점이
많다는 생각을 언제나 하면서 살았는데, 요즈음 운동을 강
도 높게 할 때나 가끔 야외 촬영을 할 때, 반쪽짜리 심장으
로는 한계가 있구나 싶어서 조금 슬프기도 하다.

그러나 수술 자국 때문에, 몸통의 흉터 때문에, 긁은 흔적 때문에 내 병들이 싫다는 생각은 살면서 단 한 번도(…는 아니고 청소년기 때까지는 콤플렉스였으니, 그때를 제외하고) 한 적이 없다. 아니다. 확신하지는 않겠다. 지금의 나는 이렇게 생각하지만 내가 기억하지 못하는 어느 과거 시점의 예은이들은 몸의 흉터를 원망하며 여름날 긴팔을 입었을 수도 있으니까. 멋진 척을 하고 싶지만 확실하지 않으니 보류하겠다. 확실한 건 외부 요인 때문에 그랬을지는 몰라도 나 혼자서, 나 스스로 흉터를 대수롭게 여기지는 않았다는 거다.

그러니까 하고 싶은 말이 뭐냐면, 이제 곧 여름이다. 더우면 반팔 입고, 반바지 입고, 민소매 입자. 흉터에 대한 모든 의견은 귓등으로도 듣지 말자. 당연히, 몸의 '흉'이라는 생각으로 평생을 산 사람들이 대다수일 것이기에 무작정 긍정적인 쪽으로 한순간 사고방식을 바꾸는 것은 어렵고 곤란한 일일 것이다. 그래도, 다를 뿐 절대로 틀리지 않은 우리의 몸을 위해. 한여름 작열하는 태양 아래에서 긴팔, 긴바지에 갇힌 채 땀을 뻘뻘 흘리는 일이 더 이상 없길 바라며. 이 챕터를 읽는 순간만큼이라도 외쳐보았으면 한다.

주름만큼 직관적인 세월의 흔적을 가득 담은 우리의 몸은 멋지다!

아프면 병원에 가자

나는 건강염려증 비슷한 것이 있다. 콧구멍에서 조금만 뜨거운 바람이 나와도 바로 감기약을 들이붓고, 오늘 뭔가 컨디션이 이상한데 싶으면 두통약을 먹고 낮잠을 잔다. '걸어 다니는 종합병원'으로 살고 있는 덕(?)에 병원이 익숙해서 그런 것 같기도 하다. 그래서 날 때부터 튼튼한 친구들은 감기에 걸려도 오렌지주스 한 컵 먹고 자고 일어나면 낫는다는 사실이 엄청나게 충격적이었다.

"약 먹으면 금방 낫는다니까?"

"나는 약 안 먹어도 나아."

"구라 까고 있네. 나중에 약 먹을걸, 하고 후회나 하지 마라."

그러나 진짜였다. 그들에게 후회란 없었다. 잠을 잘 때는 영혼이 몸에서 벗어나 이곳저곳 나다니다가 제 몸을 찾아 돌아온다는 이야기가 있던데, 모두가 잠든 시각에 유체 이탈을 하여 튼튼이들의 몸을 빼앗고 싶다. 건방진 놈들.

그러나 제아무리 튼튼하다고 해도 병이 생기면 약을 먹고 병원에 간다. 뼈가 부러지면 병원에 가서 깁스를 하고, 살이 찢어지면 꿰맨다. 그런데 딱 하나, 웬만하면 병원에 가지 않는, 가야 함에도 가지 않으려고 하는 예외적인 경우가 있다. 정신병이다.

'정신병', '정신 병원'이라는 말을 들으면 의례적으로 떠올리게 되는 이미지들이 있을 것이다. 이 이미지들이 정신과 진료에 대한 장벽을 만드는 역할을 톡톡히 해냈을 거라고 본다. 또 흔히 '우울증은 마음의 감기'라는 이야기를 한다. 이 또한 '우울증은 병원 안 가도 돼'라는 생각을 확고하게 만들어준 것이 아닐까 싶다. 어느 정도 맞는 말이라고는 생각한다. 하지만 아무리 튼튼한 사람이라도 견딜수 없을 정도의 독한 감기에 걸리면 병원에 가야 한다. 그런데 이 말을 하는 사람들은 그런 의미로 말하지는 않는 것 같다. '힐링하고~ 예쁜 것 보고~ 넌 너무 소중해~', 그

러면 뚝딱 없어진다는 듯하다. 죄송하지만 제 생각은 많이
달라요.

　병원에 가기 전, 나는 우울증은 다 똑같은 건 줄 알았
다. 똑같은 거라기보다는, '태초에 빛이 있었다'라는 말처
럼 오롯이 하나만 존재하는 것인 줄 알았다. '태초에 우울
증이 있었다', 이런 느낌으로. 그런데 정말 다양한 종류의
우울증이 있고, 우울증을 발생시키는 원인도 다양하고, 우
울증이라는 카테고리로 묶을 수 없는 병도 많은 것 같았
다. 그러나 나는 의사가 아니기 때문에 정확한 병명을 기
입하거나 원인과 결과를 분석하는 등의 일은 할 수 없다.
그 대신 나의 이야기를 하려고 하는데, 누군가에게라도 작
게나마 도움이 되었으면 좋겠다.

　지금 와서 생각해보면 나는 어렸을 때 '나대기'를 좋아
하는 아이였다. 학급 임원 선거에 무조건 출마하고, 장기
자랑도 빠짐없이 나갔다. 인기를 얻기 위해 매일매일 성대
모사와 유행어를 연마하는 그런 애였다. 잘 되든 안 되든
그런 건 그다지 상관없었던 것 같다. 사람들 앞에 서는 것
자체가 좋았다. 그런데 청소년기를 지나며 성격이 조금씩
달라졌다.

나는 열여덟 살 때 본격적으로 작곡을 배우기 위해(그리고 일단은 대학에 가기 위해) 실용 음악 학원에 입성했다. 학원에는 개인 레슨 말고도 앙상블 시간이 있었는데, 아마도 학원생들이 그 시간을 통해 서로 친해지는 것 같았다. 나는 가지 않았다. 학교—학원—집, 다시 학교—학원—집만 오가던 학생이었다. 그러던 어느 날, 어떤 마음에서인지 한 번 참여를 하긴 했었는데, 그것을 계기로 꼬박꼬박 앙상블 수업에 참여한다거나 다른 사람들과 친목을 쌓는다거나 하지는 않았다.

학원에서는 입시생들을 위해 매달 말에 실기 모의고사를 준비해주었다. 내 노트에는 언제나 한 줄만 적혀 있었다.

자신감 부족.
별표 세 개.

나는 무대공포증이 정말 심했다. '무대'공포증이라기보다는 피아노 옆에 한 사람만 있어도 벌벌 떨었다. 예를 들어 '100'을 연습했어도 레슨실에 들어가면 그대로 얼어서 '3' 정도밖에는 할 수가 없었다. 팔도 덜덜 떨리고, 목소리도 나오지 않았다. 시험 칠 때는 어떻게 하지. 죽이 되든 밥이 되든 준비한 건 하고 나와야 될 텐데 몇 년을 본 선생님 앞에서도 목소리가 안 나오는데, 하다못해 막역한 친구 앞에서도 그러는데, 나는 어떻게 하면 좋으냐. 다른 문제도 많았지만, 일단 제일 큰 문제는 그거였다.

자신감 부족.

보통 이런 사람들은 큰일을 앞두고 청심환을 사 먹는데, 나는 청심환이고 뭐고 하나도 듣지를 않아서 정신과에서 처방받은 약을 먹고 시험을 쳤다. 남들은 반 알만 먹어도 꾸벅꾸벅 존다는데 나는 한 알을 다 먹어도 팔이 떨렸다.

문제는 그다음이었다. 어찌저찌 합격한 학교에는 무대에 직접 올라가서 실연을 하는 수업도 있었고, 매년 하는 정기 공연도 있었다. 이제 나는 어떻게 해야 되지? 공연이 있을 때마다 약을 먹어야 하나? 맞습니다. 공연의 규모와 상관없이 마이크를 잡아야 하는 순간이 오면 약을 먹었다. 다행이라고 생각할 법한 것은, 그때는 무대 위에서 건반을 더 많이 쳤기 때문에 약을 먹을 일이 그렇게까지 많지는 않았다는 것이다.

이런 성격이 무대 밑에서는 멀쩡했느냐 하면 그것도
아니었다. 나는 정말 걱정이 많고, 하고 싶은 말을 한마디
도 제대로 못 하며, 과도하게 남의 눈치를 보는 사람이었
다. 내가 곤란한 상황에 처할 때마다 대찬 성격의 친구들
이 나서주었다(청소년 때도 마찬가지였다. 다른 사람에게 빼앗
긴 외투를 돌려달라는 말조차 하지를 못해서 나와 별로 친하지
도 않은 친구가 찾아다 주었다. 그때 어물어물하느라 고맙다는
인사를 제대로 했나 모르겠다. 아직도 참 고마운 기억으로 남아
있다). 나는 그게 '안예은_성격_최종_human'인 줄 알았다.
나도 내 의견을 제대로 이야기하는 사람이 되고 싶었다.
거창한 것은 아니었다. 그냥 친해지고 싶은 사람에게, 또
는 불편한 상황에서 내 생각을 똑바로 말하고 싶었다. 나
는 내가 너무너무 싫었다.

졸업 후 혼자 홍대에서 2년 정도 공연을 하며, 놀랍게
도, 무대공포증이 사라졌다. 작은 규모여도 계속해서 사람
들을 만나고, 때로는 한 사람도 없는 텅 빈 공연장에서도
공연을 해보고, 운이 좋은 날에는 꽉 찬 공연장에서도 공
연을 해보며 이런저런 기억들이 많이 쌓여 무대공포증이
자리할 구석을 없애버린 것 같았다. 그리고 아마도, 나 자
신에 대한 긍정적인 마음이 없어서 떨지 않았던 것도 같

다. 굉장히 모순적인 문장인데, 이미 나에 대한 모든 것을 완전히 포기한 상태였기 때문이라고 설명하면 되려나. 나아지리라는 기대도, 나아질 거라는 희망도 없이 태어나버려서 그냥 살고, 음악가가 되기로 진로를 정해버려서 그저 할 수 있는 것을 하는.

졸업 후의 생활은 나의 생각과 아주 많이 달랐고, 일단은 닥치는 대로 용돈벌이부터라도 해내야 했던 상황에서 공연을 할 수 있다는 것은 그 자체로 큰일이었다. 뭐, '이렇게 차근차근 해나가면 언젠가는 멋진 음악가가 될 거야!'라든지, '사람들이 내 공연이 재미있나 보다!'라든지, 그런 희망찬 생각은 하지 않았다. 공연을 할 수 있다는 것, 그게 다였다.

그리고 시간이 조금 더 흘러 오디션 프로그램에 나가게 되었고 프로그램이 끝나는 순간까지 무대에 올라갈 수 있었다. 나는 팀 미션을 제외한 모든 무대에서 한 번도 떨지 않았다(팀 미션에서는 사시나무 떨듯 떨었다. 내가 실수하면 팀원에게까지 피해가 가기 때문에. 안 좋은 결과를 나 혼자 감당하는 것이 아니었기 때문에). 자신감이 없어서였다. 이 무슨 모순이란 말인가.

나는 매 라운드를 '오늘 집에 가겠지' 하는 마음으로 치렀다. 어디를 둘러보아도 다 반짝반짝 빛나는 재주꾼들뿐이라서 여기는 내 자리가 아니라고 확신했다. '도대체 이 사람들 사이에 내가 어떻게 껴 있는 거야?', 매일매일 생각했다. 말이 되지 않았다. 그래서 떨지 않았다. 나는 어차피 오늘 떨어질 테고, 무대는 즐거웠으니까. 그렇게 넓은 곳에서 그렇게나 많은 사람들을 보는 것은 처음이라 무대는 재밌었다. 쓰면 쓸수록 모순이 많아지는 것 같다. 아무튼 그랬다. 자신감이 없고 자존감이 낮아서 떨지 않았다.

그렇게 나는 얼레벌레 〈K팝스타 5〉 준우승자'라는 호칭을 얻게 되었다. 이 무대를 멋지게 해내고 싶다는, 더 높이 올라가고 싶다는 욕심이 있었던 친구들은 나보다 먼저 탈락했다. 건강한 욕심이 있으니 떠는 것 같았다. 반면 나는 욕심이 없어서 긴장을 덜 한 터라 기량이 좀 더 발휘되어 얻은 결과인 것 같아 괜히 미안했다. 내가 이런 마음가짐으로 계속 남아 있어도 되나? 나는 심지어 이렇게 못났는데? 그래도 9개월간의 긴 여정에서, '음악을 계속해도 되겠구나!' 하는 확신 하나는 얻었다. 유희열 선생님께서 (아마도 'Top 10 결정전' 때였을 것이다) "나는 이 라운드에서 예은 씨가 떨어져도 계속해서 음악을 했으면 좋겠어요"라는 말씀을 해주었기 때문이다.

그 말에 '내가 이 자리에 있어도 괜찮겠구나' 하는 생각이 들었다.

내가 출전한 오디션 프로그램은 2015년 늦가을에서 2016년 봄까지 진행되었고, 그때는 이미 '오디션 프로그램 출신'이라는 것이 장점이 되지 않는 때였다. 그야말로 오디션 '광풍'이 한국을 한바탕 휩쓸고 떠난 지 오래였기 때문에 모든 자리가 포화 상태였다. 그럼에도 불구하고 방송의 힘이라는 것은 참 커서, 오디션 프로그램은 소위 지름길이라고 일컬어졌기에 모두가 그렇게 오디션에 매달렸었다. (아직도 그런 것 같다.)

2016년 봄, 그래서 나는 굉장한 조바심을 안은 채 방송국 밖으로 나왔다. 이름이 조금이라도 알려졌을 때 뭐라도 빨리 해야 할 것 같았다. 그해 11월 말에 데뷔 앨범을 냈다. 아마도 이때가 병증이 제일 심각할 때이지 않았나 싶다.

본격적인 치료 전에 내가 제일 힘들어했던 일 중 하나는 칭찬을 받아들이는 것이었다. 받아들이기는커녕 '저 사람이 나한테 왜 저런 말을 하지?' 하며 끝도 없이 왜곡을 했다. 그럴 때 하필 방송을 통해 얻은 타이틀이 죄다 '음악 천재', '독특한 색깔', 뭐 그런 거였다. 이게 참, 모자란 글솜씨로 어떻게 적어야 무슨 감정인지 설명이 되려나 싶은데…. 일단 칭찬을 왜곡했던 이유는 무엇이냐. 나는 절대 칭찬을 받을 만한 사람이 아니기 때문이다. '내가 생각하는 나는 잘난 것 하나 없고, 못난 점투성이인 사람이라 칭찬할 구석이 없는데, 왜 마음에도 없는 말을 하지?' 싶었다. 그런 상태에서 '천재'? 받아들일 수 있을 리가 없었다.

내가 생각하는 나와 남이 생각하는 나의 괴리가 점점 커졌다. 곡이야 어떻게든 써냈지만 녹음이며 믹싱이며 세세한 부분들은 전부 친구들에게 맡겨버렸다. '내가 신경 써봤자 뭐가 달라지겠어. 나보다 더 잘 아는 사람들이 하는 게 낫지. 내가 손대면 더 이상해질 거야' 하는 생각에서였다. 일을 하지 않을 때는 허구한 날 술만 마시며 엉엉 울었다. 내 앞에 펼쳐질 미래가 너무 무서워서 의미도 없는 하소연이 줄줄 나왔다. 이런 같잖은 음악이 세상 밖으로 나와도 되는지, 이런 실력으로 사람들 앞에 서도 되는지, 그냥 지금 딱 죽어버리면 더 걱정할 게 없을 텐데.

누워 있는 거야 나와 비슷한 대부분의 사람들이 다 그럴 테지만, 나는 그때 정말 말 그대로 누워만 있었다. 아무것도 안 했다. 밥도 안 먹고 물도 안 마셨다. 냉장고까지 가는 몇 걸음이 그렇게 힘들 수가 없었다. 누워서 트위터 좀 보다가, 보기 힘들어질 때가 오면 핸드폰을 덮고 천장만 보고 있다가, 잠들었다가 다시 일어나서 또 누워 있었다. 식욕 자체가 없었다. 밥 세 숟가락만 먹으면 배가 터질 것 같았다. 그런 상태에서 술은 마셨다. 그리고 거기에 더하여, 나는 이때 본가를 떠나 자취를 하고 있던 상태였다. 아토피가 너무 심해져 얼굴을 포함한 온몸이 벌겋게 팅팅 부은 채로 다녔고, 안 그래도 좋지 않던 체력이 바닥을 쳤다. 건강을 잃어버릴 만한 모든 조건을 제대로 갖추고 있었다. 여름에 탈수로 한 번, 데뷔 앨범 발매 기념 첫 행사 날에 부정맥으로 한 번 응급실에 갔다. 당연한 결과였다. 자취방에는 위약금을 물고 본가로 들어갔다. 당연함.

그때까지도 내 뇌 속에서 무슨 일이 일어나고 있는지 몰랐다. 내가 나약해서, 내가 게을러서, 내 성격이 문제여서 그런 줄만 알았다. 정신과 진료에 대한 장벽은 딱히 없었다. 그러나 병원에는 나보다 더 힘든 사람들이 가는 거라고 생각했었다. 이까짓 것으로 가면 안 될 것 같았다. 죽

고 싶다는 생각은 모두 하는 줄 알았다. 그렇게 2017년이
되었다. 방바닥에서 등을 떼지 못한 채로.

세상 사람들은
생각보다 남한테 관심이 없다

그해, 나는 같은 상태로 내 앞에 닥친 일을 힘겹게 치워냈다. 자취를 할 때 냉장고까지 가는 몇 걸음이 그렇게 무거웠는데, 이제는 침대에서 건반까지 가는 몇 걸음이 그렇게 힘들 수가 없었다. 제일 힘들었던 일은 공연이었다. 공연이 끝난 후 돌아가는 관객들의 뒷모습이 전부 괜히 왔다고 말하고 있는 것 같았다. 표 값이 한두 푼도 아니고, 제값어치를 해내지 못했다는 생각에 미쳐버릴 지경이었다.

그렇게 숨은 쉬고 있으니 살아는 있다고 판단하며 보내던 2017년의 어느 날, 싱어송라이터 오지은 님, 래퍼 슬릭 님과 식사 자리를 가지게 되었다. 이것저것 이야기를 나누다 보니 정신 건강 관련 이야기가 나오게 됐다. 나는 조심스럽게, "이런 거 가지고도 병원에 가도 되나요…?"

라고 물었다. 너무 작은 일로 병원을 찾는 것 같다고. 그래서 병원 사람들이 비웃을 것 같다고.

그러자 지은 님은 이렇게 답했다.

"예은 씨, 예은 씨가 의사가 아니니까 이렇다 저렇다 스스로 판단하면 안 돼요. 그리고 세상 사람들이 생각보다 남한테 관심이 없어요."

나는 이 말이 내 목숨을 살렸다고 생각한다.

'그래, 의사들이 얼마나 바쁜데. 매일 수많은 환자들이 쏟아질 텐데, 나 하나한테 관심을 주겠어.'

그리하여 드디어, 2018년 초에 정신과 문턱을 넘었다.

교수님을 만나기 전에 (아마도) 인턴 선생님과의 간단한 질의응답 시간을 가졌다.

"자살 시도를 해보신 적이 있나요?"
"아뇨(이 대답을 하는 나 자신이 얼마나 싫었는지. 이것도 아플 것 같고 저것도 아플 것 같아서 죽지 못했다는 사실이)."

　"자살 충동을 느끼신 적이 있나요?"

　"네."

　"얼마나 자세히 생각하시나요?"

　"예?"

　충격적인 질문이었다. 선생님이 질문을 한다는 건, 보통 사람들은 그런 생각을 안 한다는 것과 같지 않은가. 나는 모든 사람들이 이런 생각을 하고 사는 줄 알았다. '아니, 그러면 이런 생각을 보통은 하지 않는단 말이에요? 약을 먹으면 살아날 확률이 높고, 손목을 긋는 건 아플 것 같고, 목을 매는 건 준비 과정이 너무 복잡하고, 어딘가에서 떨어지는 건 무섭고, 이런 생각을 안 한단 말이에요?…'라고 주절주절 설명하지는 않았다. 그냥, "어, 자세히 하는 것 같아요…" 하고 얼버무렸다. 집에 가서는 두꺼운 설문지 몇 권에 밤새 답을 적었다. 나 때문에 부모님까지 설문지에 답해야 했다. 덕분에 나는 아버지의 어릴 적 꿈이 헤어 스타일리스트였다는 것을 처음 알게 됐다(다시 생각해 봐도 진짜 안 어울린다. 그 성격에 무슨 서비스직을 한다고).

　자기혐오와 피해망상에서 파생된 경미한 우울증이라

는 진단을 받았다. 너무나 예민한 상태이고, 우울증도 우울증이지만 자기혐오가 심각하다고 했다. 교수님은 내가 알기 쉽게 지금 나의 상태와 앞으로의 목표를 설명해주었다.

"예은 씨 고스톱 쳐봤어요?"

"네."

"네 명부터 한 명이 광 팔잖아요."

"네."

"예은 씨는 지금 손에 황금 패를 쥐고 있는데도 계속 광을 파는 거예요. 그 패가 진짜로 황금인지까지는 제가 모르지만, 좋은 패일 수도 있는데 시도도 안 해보고 계속 죽는다는 얘기예요. 게임을 할 자신이 없어서."

"예…."

"예은 씨는 지금 티코인데, 치료를 받는다고 갑자기 람보르기니가 돼서 시속 200킬로미터를 밟을 수는 없어요. 우리 목표는 도로 한복판에서 차가 멈춰서 카 서비스를 부르지 않는 겁니다."

자신에게 병이 있다는 사실 자체를 받아들이지 못하는 사람들이 꽤 있다고 들었다. 나는 아니었다. 내가 너무 싫어하던 내 모습들이 전부 병이었다니. 내가 20년을 넘게 이렇게 살아왔음에도 고칠 수 있는 것이었다니. 그거 참 듣던 중 반가운 소리였다. 치료 의지가 하늘을 뚫었다.

우리 집은 항상 조용했다. 내가 언제 무슨 일로 버럭 화를 낼지 모르는, 언제나 날이 서 있는 상태였기 때문이다. 엄마가 밥 먹으라고 방문만 살짝 열어도 "아, 왜 문 여냐고!!" 하면서 소리를 질렀다. 온 가족(이라고 해봤자 나 빼고 두 명이지만)이 나 하나 때문에 매일매일 살얼음판을 걸어야 했다. 당연히 가족 간에 대화도 없어졌다. 그리고 치료 2개월 후쯤에, 아버지가 '이제 우리 딸 같다'라는 이야기를 했다. 무슨 뜻이냐고 물어보니 어렸을 때 모습이 조금씩 나오는 것 같다고 했다. 마음이 놓였다.

고칠 수 있구나.
고칠 수 있는 거였구나.

아버지는 정신력이 굉장히 강하고, 모든 일을 무던히 받아들이고 때 되면 괜찮아진다고 생각하며 사는 분이지만 엄마는 아니다. 내 예민함이 한창 기승을 부릴 때 방문을 벌컥벌컥 열며 별것도 아닌 것에 소리를 질러대고 화를 내서, 엄마는 지금도 내가 방문을 좀 세게 열면 인간을 생전 처음 맞닥뜨리는 초식 동물처럼 화들짝 놀란다. 딸이 아픈 모습을 보는 것도, 그것을 굳건히 버틸 수 없는 것도, 딸에게 든든한 버팀목이 되어주지 못하는 것도 엄마에게는 고역이었을 것이다. 그렇지만 당연한 것이라고 생각한다. 엄마가 미안하게 생각하지 않길 바라며 나의 미안함을 함께 전하고 싶다.

그 시기에 내가 하지 못했던 것 중 또 하나는 음악을 듣고 공연을 보는 것이었다. 이런 직업을 가진 사람으로서도 오타쿠로서도 정말 괴로운 일이었다. 정말 사랑하는 음악가의 신곡이나, 친구들의 정성 가득 담긴 작업물을 하나도 듣지 못했다. 치료를 받으며 예전보다 괜찮아지는가 싶어 지인의 공연을 보러 갔다가 두 시간 내내 고개를 숙인 채 손톱만 보다 공연장을 나오자마자 눈물을 쏟은 날이 있었다. '저런 사람들이 음악을 해야 되는데. 난 역시 안 돼. 내 주제에 이러고 있으면 안 돼.' 다음 진료에 가서 허겁지겁 그 이유를 물었다.

"제가요, 괜찮아진 줄 알았는데 (중략) 이랬거든요? 이거 왜 이런 거예요? 약을 더 먹어야 되나요?"

"예은 씨. 20년이 넘게 살다가 이제 좀 치료를 받기 시작했죠. 그런 상태에서 예전이랑 비슷한 상황이 오면 뇌 안에서 '어, 오랜만이다' 하고 버튼을 눌러버리는 거예요. 근데 울고 나서 회복이 안 됐어요?"

"아뇨. 제가 좋아하는 영상 몇 개 찾아보고 다시 놀았어요…."

"그게 중요한 거예요."

게임을 하다 보면 스스로 치유를 할 수 있는 능력을 가진 캐릭터들을 종종 볼 수 있다. 게임 〈오버워치〉의 '솔저 76'을 떠올리면 될 것 같다. 그 '자힐' 능력. 그게 망가진 사람들이 병원에 가는 거라고 이해했고, 지금도 그렇게 생각하고 있다. 물에 빠졌을 때 지푸라기든지 사람 다리든지 뭐라도 잡고 올라올 수 있는 그 힘.

교수님은 너무 대단한 목표를 잡지 말라고 했다. '오늘 두 곡 쓰기'가 아니고, '오늘 건반 앞에 앉기', 이렇게 하라고. '난 안 될 거야. 난 아무것도 못 해'를 먼저 끊어내야 한다고 했다. 울상을 지은 채 작업을 하고, 내가 써내는 모든 결과물이 구리게 느껴지긴 했어도, 하긴 했다. 건반 앞에 앉았고, 공책을 폈고, 볼펜을 들었다.

혼자서 열심히 연습한 것은, 칭찬을 들었을 때 '감사합니다'에서 끝내는 것이었다. 이 과분한 말을 전부 받아들이지는 못하지만, 적어도 왜곡은 하지 말자는 생각이었다. 그것이 칭찬을 해주는 사람에 대한 최소한의 예의라고 생각했다. 집에 있을 때마다 엄마를 붙잡고 '엄마 딸은… 정말 천재 같아', '엄마는 어떻게 이렇게 딸을 똑똑하게 낳았어?' 류의 되도 않는 낯부끄러운 소리를 해댔다. 생각만 하는 것과 말로 직접 뱉는 것은 확실히 달랐다. 내 뇌는 나에게 어느 정도 주입식 교육을 받게 된 것이다. 그렇게 2019년 봄에 약물 치료를 끝냈다.

가끔 걷잡을 수 없이 무너지지만

2019년 봄, 교수님은 웬만하면 오지 말라는 말과 함께 나를 하산시켰다. 되는구나. 이게 되네.

나를 5년 이상 본 친구들은 다른 사람 같다는 말을 참 많이 했다. 내가 알던 안예은이 아니라고. 그렇지 않아도 쪼그만 몸을 하고서 항상 위축되어 있는 채로 말 한마디도 제대로 못 하던 그 애가 없어졌다고. 그뿐이 아니라, 친구들과 모이는 자리에서 갑자기 멍을 때리는 일도 줄었다고 했다. 그 전에는 내가 언제나 그런 모습이었기 때문에 그냥 워낙에 특이한 애인가 보다 여겨준 둔하고 정 많은 내 친구들.

그렇다고 해서 내가 오늘 아침에 일어나 햇살을 축복하고 아름다운 나날들에 감사하며 매 순간 행복하게 사는 것은 아니다. 여전히 거의 모든 날 죽고 싶고 인생은 언제나 시궁창 같으며 매 순간이 짜증과 화로 가득하다. 관심을 받고 주목을 받아야 굴러가는 일을 하고 있음에도 불구하고 여전히 관심의 한가운데에 놓이면 목구멍이 간지럽고, 여전히 칭찬을 과분하게 생각하고 받아들이지 못한다. 가끔 걷잡을 수 없이 무너지는 날에는 비상약을 먹고, 갈수 있는 빠른 시일 내에 예약 가능한 날짜가 있으면 진료도 받으러 간다. 교수님은 항상 말씀하신다.

"예은 씨가 지금, '선생님, 저 엊그제부터 전화 꺼놓고요. 방송 두 개 펑크 냈고요. 회사에서 전화 오게 오는데 하나도 안 받았어요.' 이러면 우리 처음부터 다시 시작해야 되는데, 그렇진 않죠? 어떻게든 할 거 하고 잘 살죠? 그럼 됐어요. 너무 걱정하지 말고, 아, 오늘은 진짜 안 되겠다 싶으면 갖고 있는 약 먹고요. 괜찮으니까 걱정하지 마세요."

최근에도 '어, 이거 왜 이래?' 싶을 정도로 무참히 무너졌던 날이 있었다. 앞에서 말했듯이 나의 모자람은 내가 온전히 감당하면 되기 때문에 괜찮지만, 나의 모자람으로 인해 남이 피해를 보는 것은 아직도 견딜 수가 없다. 거의 세 시간을 울고불고 "왜 음악 한다고 했을 때 안 말렸어~! 나

는 원래 못난이인데 이제 다 들켰단 말이야~! 난 역시 안
돼. 난 이 일 하면 안 돼. 재능이 없다고~!" 하며 악을 썼
다. 우리 엄마, 새벽까지 잠도 못 자고 딸내미 역정 받아주
느라 고생했던 그날. 그러나 다음 날 나는 무슨 일이 있었
냐는 듯 목욕재계를 하고 백신을 잘 맞고 돌아왔다.

우울증 치료 이후 새 인생을 사는 것 같을 만큼 모든 것
이 달라졌고, 그중 몇 가지를 꼽아보자면, 이런 순간에 더
이상 내 탓을 하지 않는다는 것이다. 이건 병이라는 것을
이제는 안다. 약을 먹고 푹 자면 없어질 것이라는 걸 안다.
무너지는 순간까지는 내가 어떻게 할 수 없지만 어떤 방법
으로든 없앨 수 있는 것이라는 걸 이제는 안다.

나는 날이 바뀔 때마다 친구와 '좆같은 하루가 또 시작
됐다'며 아침 인사를 주고받는다. 여전히 부정적이고, 여
전히 '인생'이라는 것을 살아가기가 너무 힘들고, 여전히
세상만사 다 싫다. 여전히 내 존재에 비해 과분한 사랑을
받는다고 생각하고, 여전히 나는 재능 없고 못난 사람이라
고 생각한다. 여전히 이승에 대한 미련이 별로 없고, 여전
히 세상을, 사람을, 나 자신을 사랑하는 방법을 모른다. 그
래도 이제는 내가 죽으면 우리 부모님은 슬퍼서 미쳐버리

겠지 하는 생각을 할 수 있고(그 전에는 '내가 지금 힘들어서
죽겠다는데 뭐 어쩌라고'였다), 우울의 늪이 나를 부르면 얼
른 오타쿠 루틴(최애들의 최애 영상을 연이어 보는 것을 말한
다)을 실시한다. 자기혐오의 우물에 빠진 채 사는 대신 우
물 밖의 더 많은 것들에 대해 고찰할 수 있게 되었고, 내 생
각을 확실히 말할 수 있게 되었다.

어떻게든, 어떻게든 이 악물고 사는 것이다. 인생이 아
름답지 않아도, 나 자신이 사랑스럽지 않아도 살아낼 수
있는 것 같다. 그렇게 살다 보면 아주 가끔, 아름다운 일이
일어나기도 한다. 그것을 온전히 즐길 수 있게끔 준비해놓
는 것 중 하나가 정신과 진료라고 생각한다. 망가진 뇌로
는 그 어떤 것도 아름답다고 느낄 수가 없다.

너무 무뚝뚝한 대답인 것 같지만, 우울증을 호소하는
사람들에게 나는 무조건 병원에 가보라고 한다. 왜냐면 나
는 의사가 아니니까. 물론, 사람으로 치유받는 일도 적지
않다. 그러나 어떻게 해도 해결이 되지 않으면 병원에 가
야 한다. 오렌지주스를 먹고, 낮잠을 자고, 몸보신을 해도
해결되지 않으면 병원에 가서 처방을 받고 감기약을 목구
멍에 때려 부어야 하는 것이다. 사람에게 할 수 있는 일은

한계가 없는 것 같지만, 사람이기에 한계가 있다. 마음을 내주고 한없이 친절해도 아픈 사람과 함께 속이 썩어 들어갈 것이다. 병원에 가자. 확실한 도움을 받자. (상담이 필요한 경우, 약물 치료가 필요한 경우, 사람의 마음이 필요한 경우 기타 등등 여러 가지가 있다는 것은 나도 알고 있다. 내가 하고 싶은 말은 '정신과 진료를 두려워하지 말자. 장벽을 없애자'는 말이다. 뭔지 알지? 왜 이렇게까지 병원에 가라고 하는지 알지?)

정말 다양한 종류의 정신병이 있(는 것 같)다. 거기에 더하여 나는 의사가 아니기 때문에 나의 경우만 말할 수밖에는 없다. 어떤 경우들이 또 있는지도 자세히 모른다. 다만, 모든 경우가 나와 같지 않다는 것은 안다. 이 글을 읽는 여러분들도 그것을 알았으면 좋겠다. 이 글은 우울증 치료 효과를 톡톡히 본 한 소시민의 경험담이지, 모든 문제에 해당하는 정답은 아니다.

이승의 삶에 미련이 없다는 말은 진심이다. 당장 5초 뒤에 죽어도 상관없다. 내가 소중하게 쓰지 않은 이 명줄을, 꼭 필요한 다른 생명체들에게 나누어줄 수 있는 시스템이 내 목숨이 다하기 전에 저승에서 개발되었으면 한다. 일단 아직은 조금 더 살아보려고 한다. 좋아하는 만화의 마지막 시즌이 나올 때까지만, 한국의 누군가가 영화 〈큐브(2021년)〉 일본판을 수입해올 때까지만, 내가 일본으로 가든 그가 한국에 오든 어떻게든 호시노 겐의 공연을 볼 때까지만, 스다 마사키가 진또배기 야쿠자 영화를 찍을 때까지만, 〈고스트버스터즈 리부트 2(2016년)〉의 다음 편과 한국판 〈오션스 8〉이 제작되어 더 많은 좋은 여자, 나쁜 여자, 이상한 여자 이야기가 나올 때까지만(장영남 배우님, 문숙 배우님, 김새벽 배우님, 한지현 배우님, 진지희 배우님, 황영희 배우님, 심달기 배우님, 그리고 한국 배우님들 성함으로 한 바닥은 그냥 넘어갈 것 같아 해외로는 넘어가지 못하고 이만 줄이지만, 아무튼 이 땅의 모든 여배우들의 다양한 작품 활동을 너무나 보고 싶고, 응원하고, 사랑하고, 건강하시길), 그리고 조정석 배우님이 악으로 똘똘 뭉친 미(美)노년의 회장님 역할을 할 때까지만.

싱어송라이터 오지은 님, 그리고 건대 정신과 하지현 교수님께 무한한 감사를 전합니다.

유머는 늘 최악에서 벗어나게 해

최근에 또 트윗을 불펌당했다. 나는 이제 영롱한 파란 빛의 공식 딱지까지 달고 있는데 그 딱지까지 모자이크 처리가 되어 돌아다니고 있었다. 뭘 썼냐면, '쉽지 않네. 재밌네. 가보자고' 3종 세트가 너무 좋다는 이야기였다. 아무리 개떡 같은 상황에 처해 있어도 긍정적인 힘이 생기게 해주는 아주 당찬 '밈'인 것 같다고. 리트윗도 꽤 많이 되었고, 불펌된 곳에서도 '좋아요'를 꽤 많이 받고 있었다. 타인의 웃음이 인생의 전부인 트위터리안에게는 실로 짜증 나는 일이 아닐 수 없다.

출처를 명확히 밝히세요. 이런 웃긴 글을 쓰는 사람이 안예은이라고 기재를 하란 말이에요. '안예은, 말하는 거

개웃김ㅋㅋㅋㅋ' 이런 식으로 올리라고요. 나는 웃음에 미친 사람이란 말이에요. 개그 욕심이 너무 커져서 괴물이 된 채로 내 몸을 조종하고 있다고요.

각설하고, 그건 단순히 글 자체가 재밌어서일 수도 있지만 어쩌면 공감하는 사람이 많아서일 수도, 어떻게든 넘어진 몸을 다시 일으켜 세울 방도로 읽혔을 수도 있을 것 같다. 그리고 그만큼 인생이 너무 힘든 이들이 많다는 뜻이기도 하겠지.

다른 생물들의 삶은 내가 겪어보지 않아서 잘 모르지만, 아무튼 인간으로 태어나 살아야 한다는 것은 정말 힘든 것 같다. 평균 수명도 점점 길어지고, 맛있는 음식은 많이 먹으면 안 되고, 몸 관리만 하기에도 벅찬데 정신 건강까지 관리를 해야 한다. 신경 쓸 것이 너무 많다는 말이다. 그뿐인가. 언제나 도덕적인 고찰을 하며 삶이라는 유리그릇이 바닥에 떨어져 깨어지지 않게 잘 살펴야 하고, 혼자서는 살 수 없는 세상이라 성격이 다른 여러 사람들과 일을 하고, 대화를 나누어야 한다. 힘을 얻기도 하지만 충돌하기도 하고, 충돌에서 이해의 과정으로 나아가기도 하지만 상처와 불신을 얻기도 한다.

　　나는 인간을 그렇게 좋아하지 않는다. 김미자 여사(우
리 엄마)가 이 줄을 읽고 우리 딸 이렇게 살면 안 되는데,
하며 입을 틀어막을 모습이 눈에 선하다. 그렇지만 사실이
다. 인간은 믿을 수 없고, 이해가 될 것 같다가도 화가 나
며, 마음을 얻기도 너무 어렵다. 아니, 애초에 마음을 얻어
야 하는 상황이 (자의든 타의든) 오는 것 자체가 싫다. 그래
서 혼자여도 지속 가능한 삶을 살고 싶은데 그것도 불가능
한 것 같다. '다른 사회적인 동물들도 그렇지 않나?' 하는
생각이 문득 들긴 하지만 그렇다고 해서 인간이 좋아지지
는 않는다.

　　못된 인간이 정말 많다. 누군가에게는 나도 못된 인간
일 것이고 나도 나 자신이 썩 괜찮은 성격의 착한 사람이
라고는 생각하지 않는다. 그래서 상상을 초월하는 못된 인
간들을 보며 어떻게 하면 나에게도 남에게도 부끄럽지 않
은 삶을 살 수 있을까 매일 생각한다. 그러나 그건 너무 어
렵다. 너무!! 대충 살고 싶다. 그러나 그러면 안 된다. 에휴.
　　그렇기 때문에 나는 '쉽지 않네. 가보자고'를 외쳐야
한다. 나는 당장 생을 마감할 용기가 없다. 이승에 미련이
있는 것은 아니고, 저승길로 가는 방법은 내가 알기로는
아픈 것밖에 없기 때문에 그게 무섭다. 어쨌거나 겁쟁이다

운 이유다. 그러니까 일단은 이를 악물고 버티는 수밖에는 없지 않은가. 그러기 위해서는 내 삶을 풍자와 해학으로 적극 미화시켜야 한다.

앞서 급발진한 모습을 보면 알겠지만 나는 웃음에 대한 욕심이 정말 많다. 내가 제일 좋아하는 칭찬은 '웃기다'라는 칭찬이다. 그래서 정말 스트레스로 머리가 터지기 직전의 상황일 때 이 욕구를 발동시키려고 노력한다. 그러면 뭐랄까 배보다 배꼽이 커지는 느낌이 되어 이걸 어떻게 얘기해야 상대방이 '어, 웃으면 안 되는데, 너무 웃겨'라고 반응할까 하는 생각만 하게 된다. 동시에 내 삶도 좀 시트콤같이 미화되는 것 같다. 그러면 어느 정도는 웃어넘길 수 있게 된다.

웃음으로 열심히 기워낸 누더기 같은 나의 인생.

물론 언제나 그렇게 되는 것은 아니다. 아직도 가끔 인생 내내 나를 괴롭혀온 우울한 감정들이 걷잡을 수 없이 폭발하여 몇 시간이고 울고불고 소리를 지르는 때가 찾아온다. 끔찍하지만 하나 크게 달라진 점은 그것이 병증이라는 것을 스스로 알고 있다는 것이다. 이것은 엄청난 성과다.

너무나도 악랄한 상황이 닥쳤을 때, 도저히 이불 밖으로 나가고 싶지 않을 때, 일이 끝도 없이 밀려 들어올 때, 모험 만화의 주인공이 되는 상상을 한다. 나는 사실 주인공보다는 조연을 더 좋아한다. 대장보다는 넘버 투가 멋진 법이다. 최후에는 대장을 도와 멋진 죽음을 맞으며 그 만화의 명대사로 길이길이 꼽히는 대사를 날리는. 아무튼 나는 흑백의 그림 속으로 들어가 폐허가 된 거리 한가운데에서 짓궂은 웃음을 짓는 캐릭터 옆에 "쉽지 않네. 가보자고"라는 대사를 말풍선에 넣는다.

오타쿠 같다고요?
이렇게라도 살아야지 어떻게 해.
버텨봐야지.

덧붙여,

최근에는 친구와 나눈
카카오톡 대화까지 불펌당했다.
"얘들아, 나 진짜 남을 웃기는 것에
목숨 건 사람이야. 출처 표기, 제대로
안 하면 이모 진짜 화낸다!"

머리가 텅 비어버려

〈아들〉이라는 연극이 있다. 연극 중간에는 우울증을 앓고 있는 주인공이 무언가 말하려고 하다가 그냥 방으로 들어가버리는 장면이 나온다. 그 후 물속으로 끝없이 가라앉는 연출이 이어진다. 나는 이 장면에서 속으로 탄성을 질렀는데, 내가 언제나 그랬었고, 지금도 그렇기 때문이다. 지금 상태를 설명할 말이 너무 많아서, 정말 너무 많아서 입을 열려다 말아버린다. 쓸 말이 너무 많아서 하얀 화면에 깜빡이는 커서 아이콘만 멍하니 쳐다본다. 글자를 기다리고 있는 기다란 눈. 여기서 언제나 기다리고 있겠다며 계속 깜빡이는 작은 뱀의 눈. 어디부터 어디까지 이야기하면 좋을까 고민하다가, 조금 부은 듯한 얼굴을 매만지며 며칠 내내 이어진 휴일들을 쓰레기같이 낭비한 것에 대해 자학하다가, 이런 이야기 자체를 하면 안 되는 것 아닌가 싶어 문단 한 움큼을 썼다가 지웠다가, 의미 없는 단어의 나열, 의미 없는 손가락의 움직임, 의미 없는 키보드 소리. 롤러코스터를 타듯 무언가가 크게 일어나고 있는 건 아니다. 나는 여전히 의자에 앉아서 다리를 떨고 있고, 노트북 키보드에 손을 올려놓은 채다. 부모님은 거실에서 식사를 하고 있다. 내 방은 조용하다. 음식을 먹는 소리가 문짝을 넘어 들어온다. 괜히 배에 힘을 줘본다. 내가 나를 미워할 수 있는 수많은 요소 중 하나라도 제거해보기 위해.

어떡하지.

어떡하지.

내일도 이러면 어떡하지.

빽빽하게 들어찬 까만 점들이 선이 되고, 면이 되고, 어둠이 되어 머릿속을 덮는다. 그러면 꽉 차 있어도 텅 빈다. 이런 상태의 내가 할 수 있는 일은 단순한 핸드폰 게임뿐이다. 어둠 위로 도화지를 다시 펴봐도 점, 선, 면, 어둠. 다시 점, 선, 면, 어둠. 머릿속을 채우면서 비우는 점묘화. 몸 전체가 안쪽으로 오그라들고 팔, 다리, 몸통이 어둠에게 잡아먹힌다. 정수리, 이마, 눈썹, 눈, 코, 귀, 입, 턱, 목이 먹

힌다. 어둠이다. 어둠만 남는다. 내 눈알은 두둥실. 팔다리
도 두둥실. 어둠 속을 헤엄치는 상상을 할라치면 내 방이
다. 계절이 바뀌어 제 할 일을 잃은 에어컨. 창문을 열고 그
대로 뛰쳐나가는 상상을 한다. 창문을 깨는 상상을 한다.
괜찮다고 이겨냈다고 생각했던 모든 과거가 원망스러워
지는 날들.

어디까지가 내 문제이고 어디까지가 병일까?

이미 하산한 사람은 다시 스승을 찾아갈 수 없는 걸지
도 모른다. 치료할 것이 따로 없는데 왜 왔냐고 하면 어떡
하지. 쓸데없는 걱정이 병원 문턱을 처음 넘으려고 할 때
와 거의 흡사한 모습으로 발목을 잡는다.

달라진 건, 뭐라도 해보려고 움직인다는 것.

그러나 그건 어쩌면 이 정도도 하지 않으면 '넌 재활용
도 불가한 쓰레기야'라고 끊임없이 작은 목소리로 소곤대
는 것. 글자를 나타내는 화면도 유난히 버벅댄다. 팔 벌려
뛰기를 하러 가야지.

덧붙여,
_____

아, 인생 싫다.

가까이 하기엔
너무 먼 당신

복싱을 시작한 후 약 7개월이 흘렀다. 8월 초에 첫 수업을 했으니 따지면 8개월이 된 것이다. '안예은이 운동을 8개월째 하고 있다', 이 문장은 원래대로라면 '해가 서쪽에서 뜬다'와 같은 뜻을 갖는 문장이었을 것이다.

나는 어렸을 때부터 운동에 전혀 흥미가 없었다. 운동에 재주가 없었기 때문이다. 한국 어린이들의 성장기 필수 코스인 태권도장을 다니긴 했지만 즐거웠던 기억은 딱히 없고(사범님 중 한 분이 굉장한 훈남이었던 기억은 있다), 유일하게 적극 참여했던 종목은 피구와 단체 줄넘기였다. 그것도 잘하는 건 아니었고, 못하지 않는 정도였다. 피구의 경우 끝까지 살아남아 아군의 영웅이 된 적이 몇 번 있긴 했지만, 달리기, 축구, 농구 등을 잘하는 친구들이 훨씬 멋져 보였다.

　재주가 있기는커녕 열등생 중의 열등생이었기 때문에 체육 활동을 할 때마다 짓궂은 남자아이들에게 놀림을 받기 일쑤였다. 나는 전력을 다해 뛰었음에도 거북이만큼 느렸고, 남자애들은 내가 달리는 모습을 흉내 내며 엄청나게 놀려댔다. 지금 같으면 신경 쓰지 않을 일인데 유소년, 청소년기에는 그런 것들에서 자유롭지 않지 않은가. 내가 정말 저렇게 이상하게 뛰나? 안 그래도 없던 흥미가 흔적조차 없이 사라지며 체육 시간 자체를 싫어하게 되었다.

　그래도 초등학교 때는 지병 때문에 열외가 되는 것이 싫어 체력장의 오래달리기를 이 악물고 완주해내는 악바리 꼴찌였는데, 중학교에 진학하고부터는 나의 지병을 이용하여 양호실에 누워 있는 날이 잦아졌다. 체육 시간에 참여하기가 싫어서 심장 평계를 대며 모든 수업을 빠졌다. 그러다 체육 선생님이 '혹시 학교생활에 어려움이 있어서 계속 양호실에 숨어 있는 건가' 하는 오해를 하고 있다는 것을 알게 된 후로는 울며 겨자 먹기로 체육 수업을 들었다. 그러나 선생님이 시키는 것 외의 '체육 활동'이라고 말할 수 있는 것은 일절 하지 않았다. 항상 구석 어딘가에 앉아만 있었다.

　　마지막 수술을 끝낸 시점의 나는 밥을 거의 먹지 않아 말 그대로 '뼈밖에 없는 몸'이었는데, 그 후 몇 년간 성장과 회복을 위해 열심히 먹어댄 덕에 고등학교에 진학했을 때는 10킬로그램 이상이 불은 채였다. 수술 직후의 내 모습을 아는 주변의 어느 누구도, 나에게 살이 많이 쪘다는 소리를 하지 않았기 때문에 나는 중학교 3년 내내 교복 단추가 상하의 할 것 없이 모두 터져나가도 살에 대한 생각을 하지 않았다. 그러다 열일곱 살이 된 지 얼마 지나지 않은 어느 날, 동네에서 친구 어머니를 우연히 마주쳤다. 안부 인사 정도를 나누는 아주 짧은 시간 동안에 어머니는 '예은이 너, 살이 진짜 많이 쪘다'라는 이야기를 오십 번은 하고 떠났다. 나쁜 의도로 그런 건 절대 아니었다. '걱정했었는데 살이 올라 다행이다. 보기 좋다'는 이야기를 하고 싶었던 것일 거다.

　　살이 쪘다는 생각 자체를 하지 않고 살던 나는, 그날 처음으로 집에 가서 바로 몸무게를 재보고 그 즉시 저녁밥을 거르고 운동을 시작했다. 매일매일 두 시간 이상 꼬박꼬박 운동을 했다. 대형 할인마트에서 싸게 나온 구식 실내자전거를 하나 사서 한 시간을 타고, 맨몸으로 하는 근력 운동을 한 시간을 하고, 하늘자전거를 30분 정도 하는 루틴이었다. 버스나 지하철로 열 정거장 이하인 거리는 그냥 걸어 다녔다. '그렇게 체력이 좋아졌습니다'로 끝나는 이야기였다면 얼마나 해피한 엔딩이겠는가!

물론 체력이 좋아지긴 했다. 살도 빠졌다. 그러나 이때의 나는 체중계의 숫자에 과도하게 집착했었기에, 처음에는 '저녁 7시 이후 금식'이었던 목표가 점점 저녁 6시, 저녁 5시, 저녁 4시로 당겨졌다. 아침마다 몸무게를 재보고 0.1킬로그램이라도 쪄 있으면 그날은 한 끼만 먹었다. 지방을 떼어내는 대가로 심한 변비와 빈혈을 부상처럼 얻었다. 체중계 숫자에 일희일비하는 내가 싫었다. 이 짓거리는 평소처럼 든든하게 끼니를 챙겨 먹으며 10킬로그램을 고스란히 다시 얻은 뒤에야 그만뒀다.

열아홉 살 때는 등하교 시간만 왕복 두 시간이 넘는 학교를 다녔던 데다가, 과제를 위해 허구한 날 합주를 하러 다녀서 그랬는지 별다른 운동이나 식단을 하지 않는데도 살이 쭉쭉 빠졌다. 대학교 때는 알코올과 야식을 입에 대기 시작하며 다시 살이 오르기 시작했다(고 생각했으나 이때 사진을 보니 엄청나게 말랐더라. 한국의 모든 여자는 자신이 뚱뚱하다고 생각한다는 말이 떠오르며 아주 슬퍼졌다). 반바지를 입고 나간 데이트에서 남자친구에게 '계단을 올라갈 때 허벅지 살이 출렁거려서 정 떨어진다'라는 말을 들은 적도 있었다. 당연히 슬픔을 넘어 충격적이기까지 했지만, 그래도 '너나 잘해…'라는 마음이 함께 고개를 들어, 다행히 그 즉시 끼니를 거르거나 하는 건강하지 않은 길로 가지는 않았다.

대학을 졸업할 때까지는 꽤나(스스로는 뚱뚱하다고 생각했으나) 마른 상태이기도 했고, 남들 눈에 내 모습이 어떻게 보이는지 적나라하게 확인할 방법이 없었기에 이 강박이 조금 사그라드는 듯했다. 거울 앞에 차렷 자세로 서서 허벅지 사이에 틈이 있는지 없는지, 엄지와 중지로 손목이 딱 잡히는지, 턱 밑에 살은 얼마나 붙어 있는지 등을 매일 확인하긴 했지만.

민낯으로 밖에 나가는 건 나에게는 쉬웠다. 그렇지만 살에 대한 강박을 벗기란 정말 어려웠다. 데뷔 후 우울증을 치료받을 때 즈음, 나는 '더 이상 미용을 위한 운동과 식이는 하지 않겠다'고 다짐했다. 그렇게 마음을 먹고 그냥 먹고 싶은 것 마음껏 먹고, 살기 위한 최소한의 운동(스

마트폰 어플로 진행하는 짧은 맨손운동 같은 것)을 했다. 당연
히 살이 꽤 쪘다. 신경 쓰지 않고, 절망하지 않으려고 무진
애를 썼다. 나의 살찐 모습을 정면으로 마주하고 싶었다.
다른 의미에서의 '살과의 전쟁'을 끝내고 싶었다. 밤마다
말랐을 때의 사진을 보며 한없이 우울해졌고, 가끔 울기도
했지만 나와의 약속을 어기진 않았다.

그러나 그 시기에 진행했던 공연 사진을 본 나는 이 약
속을 깨게 된다. 투실투실 살이 오른 내 모습을 태연하게
마주하는 일에 결국 실패한 것이다. 그래도, 열일곱 살 때
처럼 극단적인 다이어트는 하지 않았다. 그때 마침 원추각
막 수술을 진행한 후라 한 달 동안 술을 입에 댈 수 없었던
상황이라 이때다 싶어 집에 있으면서 딱 필요한 정도의 음
식 이상은 먹지 않고 꼬박꼬박 운동을 했다. 체중계 위에
올라가는 순간 어린 날의 집착이 다시 시작될 것 같아 몸
무게는 재지 않았지만, 그래도 조금은 빠졌을 것이다. (사
실 잘 모른다. 사진 말고는 객관적인 지표가 없으니.)

- 그 후로도 운동을 꾸준히 했는가.

→ 아니오.

- 건강한 식단으로 바꾸어 먹었는가.

→ 아니오.

　신나게 친구들을 만나 술 먹고 돌아다니기나 했다. 아마 이즈음부터 더 이상 살이 문제가 아닌 몸이 되어가고 있었을 것이다. 난 몰랐지만.

　또 1년이 지났고, 나는 처음으로 음악 방송이라는 것에 출연하게 되었다. 코로나력 1년 때의 일이다. 그러지 않으려고 정말 많이 노력했는데, 나는 가면 갈수록 노래를 잘했는지보다 얼굴이 이상하게 나오지 않았는지에 신경을 썼다. 사실 처음부터, 나를 제외한 모두가 그런 상태였다. 초반에는 모니터를 할 때 나라도 꿋꿋이 노래를 들었으나 시간이 지나며 다른 사람들과 같이 내 얼굴과 몸을 확인하고 있었다. 이게 아닌 것 같은데. 다른 사람들은 그럴 수 있어도 나는 이러면 안 되지 않을까. 돌이키기엔 이미 늦어버렸다.

　이때 제일 많이 느꼈던 것은 칭찬의 위험성이었다. 나는 외모적으로 잘난 부분이 하나도 없다. 얼굴도 못났고 몸매도 별로다. 그렇기 때문에 '못생겼네', '살쪘네' 하는 댓글들은 '와, 맞아요. ○○님 캐해석 짱! 추가 점수 500점!' 할 수 있지만 어쩌다 외모에 대한 칭찬이 눈에 띄게 많은 날에는 '이렇게 하면 괜찮아 보이나?' 하는 생각이 들며 그것을 머릿속에서 지울 수가 없었다. 부정적인 평가만큼 칭찬도 사람을 계속 거울 앞에 서 있게 만든다. '이렇게 하면 얼굴이 작아 보이나?'라는 생각은 '내가 그렇게 살쪘나?'라는 생각만큼 위험하다. 그래서 나는 2년 전 했던 다짐을 다시 끌어왔다.

살이 찌든, 빠지든, 계속 이 모습이든, 카메라 앞이든 무대 위든 외적인 부분을 신경 쓰지 않기.

평범한, 혹은 못난 외모로 그냥 살기.

'모두가 아름답습니다'보다는 '못생겨도 상관없어'라는 마음으로 살기.

아니, 그냥 외모에 대한 생각 자체를 하지 말기.

'그냥 살기'가 단점을 보완한 나의 새로운 목표였다. 나의 아토피나 수술 흉터를 보고, 또 내가 선천적으로 가지고 있는 병에 대해 알고 힘을 얻어가는 사람들이 많다는 것을 인지하기 시작했던 때였다. 그래서 틈이 날 때마다 우울증에 대해서도 이야기를 시작하던 때이기도 하다. 내가 특정 상품을 품절시키고 특정 가게 매출을 열 배 올려주는 정도의 영향력을 가진 초울트라 슈퍼스타는 당연히 아니지만, 자신의 몸을 부위별로 조각조각 뜯어보며 몇 시간 내내 거울 앞에 서 있다가 과거 사진을 보며 훌쩍대던 지난날의 예은이처럼 외모 강박에 시달리는 누군가가 나를 보고 '어, 이거 봐라? 이런 못난이도 텔레비전에 나오네?' 하고 숨을 돌릴 수 있다면 되는 것 아닐까 싶었다.

나를 보고 힘을 얻는 사람들 덕에 되레 내가 콤플렉스였던 모든 것을 벗어던질 수 있었던 것 같다. 살에 대한 강박은 지금까지도, 정말 최후의 최후까지 끈덕지게 뇌에 붙어서 가끔 나의 얼굴 사진을 확대하며 이게 살인지 주름인지 내 얼굴의 특징인지 몇 시간을 뜯어보게 만들지만, 그래도 예전에 비하면 정말 많이 나아졌다. '나는 어떤 모습이든 예뻐!'가 아니고, '이렇게 태어났는데, 뭐 어쩌라고 그냥 살아. 네 할 일이나 잘 해'라는 생각을 드디어 컨트롤 타워에 박아 넣었다. 정말로 홀가분해졌다.

그렇게 되니 이제 정말 나를 위한 운동을 할 수 있게 됐다. 운동을 하면서 살이 좀 빠졌나 배가 좀 들어갔나 하는 것은 신경 쓰지 않고, 오롯이 나의 체력 증진만 생각할 수 있게 됐다. 앞에서 말했듯 100퍼센트 전부 버린 건 아니지만, 그래도 이런 이유로 우울의 늪에 빠지는 일은 말끔히 없어졌다. 그 시점에 30여 년을 쾌락만을 찾아다니며 흥청

망청 쓰레기처럼 살아온 업보를 온몸으로 맞고 있었다는 것을 드디어 깨닫게 되었다. 계단을 2층만 올라가도 1000 미터를 달린 것처럼 헉헉대고, 곡을 너무 어렵게 써대는 작곡가 안예은 때문에 두 곡 이상을 연달아 부르면 차오른 숨을 진정시키는 데에 1분 이상을 써야 하는 등의 사태를 맞닥뜨리며 운동을 제대로 좀 해보기로 결심했다. 이래서 언니들이 운동하라고 그렇게 잔소리를 해댔구나.

'이대로는 안 된다. 이렇게는 건강한 시체가 될 수 없어. 늦었다고 생각할 때는 정말 늦은 거야. 진짜 운동을 해야겠어. 그런데 어떤 운동을 해야 할까?'

살에 대한 강박을 강하게 갖고 있던 고등학생 때에 바지가 맞지 않아 생기는 우울, 거울을 보며 생기는 우울을 '건강 때문에 가는 거야. 체력 때문에 가는 거야'라는 식의 자기합리화로 덮어버리며 헬스장으로 향한 적이 있다. 운동 목표도 체력 증진이라고 트레이너에게 분명히 말했는데, 트레이너는 내가 다이어트에 목을 매는 사람인 것처럼 모든 동작을 할 때마다 '이 동작은 엉덩이가 예뻐져요', '이 동작은 다리 라인이 예뻐져요' 등의 말만 반복했다. 내 목표는 다이어트가 아니라고 했음에도 불구하고 이런 말만 하다니. '도대체 지금 내가 얼마나 돼지인 거야?' 하는 생각을 할 수밖에 없었다. 스트레스가 쌓이다 보니 당연히 운동은 즐겁지 않았다. 정말 너무너무 가기 싫어서 헬스장 가는 길에 울기도 했다. 그러나 큰 금액을 지불했다는 생각에 눈물을 닦고 헬스장 입구로 발을 질질 끌며 걸었다. 지옥이었다. 이때 나는 'PT'라는 것에 완전히 질려버렸다.

그렇다면, 내게 맞는 운동은?

큰 금액을 지불하고
두 번 이상 찾아가지 않은
체육관들이 주마등처럼 스쳐 지나간다.
다들 잘 지내고 계시다면 'OK'입니다.

세 번째 생명의 은인

나는 어렸을 때부터 지금까지 언제나 격투 운동 쪽에 크나큰 로망이 있었다. 철없는 말이지만 만화나 영화, 드라마를 볼 때 싸움을 잘하는 캐릭터들이 지금까지도 너무 멋져 보인다. 그래서 복싱이나 주짓수 등을 꼭 하고 싶었으나, 나의 체력에 대한 객관화가 잘 되어 있었기 때문에 당장 할 수 있는 운동은 필라테스나 요가 정도일 거라는 생각을 했다.

그즈음 제발 운동 좀 하라고 잔소리를 하는 언니들 중 한 명을 만났다. 언니는 그때 한창 필라테스를 열심히 하고 있었다. 너무너무 좋은 운동이라면서 '너는 체력도 쓰레기이고 자세까지 안 좋으니까 잘 맞을 거야'라며 적극 추천을 해줬다. 그러나 나는 엄청난 몸치로, 춤에만 재능이 없는 것이 아니라 고난이도 운동 동작도 제대로 따라하지 못해서, 필라테스 그룹 레슨을 받다가 한 시간 동안 땀을 단 한 방울도 흘리지 않은 날을 경험하고 이건 뭔가 잘못된 것이 아닌가 싶어 그만두었던 적이 있다는 것을 언니에게 이야기하자, 언니는 불호령을 내렸다.

"당연히 개인 레슨을 받아야지!"
"개인 레슨 엄청 비싸잖아."
"너는 돈도 많은 년이 어디다가 쓴다고 아끼냐. 돈 없는 나도 하는데."

묵직한 어퍼컷을 맞고 바로 필라테스를 시작했다.

운동 자체도 나와 잘 맞았고, 선생님도 좋았지만 등록해놓은 회차가 거의 끝날 무렵 센터가 이사를 가는 바람에 나는 갑자기 길 잃은 어린 양이 되고 말았다. 내가 아는 '저질 체력으로도 할 수 있는 운동이라고는 이거밖에 없는데, 이제 어떡하지', 고민하던 나는 앞뒤 재지 않고 그간 궁금했던 복싱장을 검색해 그곳으로 향했다.

'상담만 해보자. 이런 쓰레기 같은 몸으로는 안 된다고 하면 다른 운동 알아보면 되지.'

그렇게 2021년 7월 말, 기적을 현실로 만든 나의 운동 아버지(첫 번째 목숨은 부모님께서, 두 번째 목숨은 신촌 세브란스 소아심장과의 의료진 선생님들께서, 세 번째 목숨은 관장님께서 주셨다), 관장님과 첫 만남이 이루어진다. 첫 만남에 나는 제법 용기를 내어 나의 로망을 내비쳤다.

"예전부터 복싱이 너무 배우고 싶었는데, 제가 지금 계단을 2층 이상 못 올라가거든요. 이런 체력으로도 가능한 건가요?"

조심스럽게 물었지만, 사실 '이렇게 살다가는 정말로 곧 죽을 것 같아요. 살려주세요'라는 SOS 사인에 가까웠다.

"어떻게 들으실지 모르겠는데, 운동 가르치는 사람들이 그런 몸 되게 좋아해요. 체력이 올라가는 게 엄청 잘 보이거든요!"

덧붙여 책임지고 복싱을 할 수 있는 몸으로 만들어줄

테니 믿어보라는 말에 이번에야말로 싸움을 잘하는 멋진 여성으로 거듭나는 기분 좋은 상상을 하며 수업료를 지불하고 나왔다.

나는 사람들이 전부 출근할 때 물에 젖은 솜처럼 무거운 몸을 이끌고 각자의 일터로 향하는 줄 알았고, 퇴근 후에는 에너지를 전부 소진해 일단 누워 있다가, 졸다가, 좀비와 비슷한 상태로 겨우겨우 씻고 자는 줄 알았다. 모두가 자도 자도 피로가 풀리지 않은 채 살아가는 줄 알았다.

운동 후, 별짓을 다 해봐도 절대로 뒤집히지 않던 바이오리듬이 돌아왔고, 그렇게 당연하게 여기던 만성피로가 없어졌으며, 노래할 때 중심을 잡아주는 부분이 없어 항상 앞으로 기울어지던 몸이 1자로 꼿꼿하게 섰다.

'와, 이게 되네.'

팔 벌려 뛰기를 고작 이십 개 하고 집에 가야 될 것 같다며 바닥에 주저앉던 나날들을 지나, 플랭크를 2분 동안 하게 되었을 때 관장님은 나보다 더 감동한 표정으로 환호를 질렀다. 관장님은 단순히 운동을 통해 나의 건강을

되찾아준 정도가 아니라, 시체에 새 생명을 불어넣어준
것이다.

　지금의 나는 사진을 보며 한없이 부러워만 했던 호시
노 겐과 유재석 님의 팔 근육, 팔 가운데가 섹시하게 한 줄
로 쫙 파이는 바로 그 근육, 전완근을 갖게 되었다. 그 전완
근이라는 것이 내 팔에 붙어 있는 것을 이 두 눈으로 처음
확인했을 때, 평소에 사진을 잘 찍지도 올리지도 않는 나
는 근육이 잘 나온 사진을 저장하여 인스타그램 스토리에
게시글에 카카오톡 프로필 사진까지 도배를 해대며 아주
동네방네 자랑을 했다. 인생을 살면서 ‘근육’이라는 것을
가져보리라고는 꿈에도 생각하지 못했기 때문에 너무나
신기하고 뿌듯했다. 근육도 근육이지만, 다시는 예전의 그
몸으로 돌아가고 싶지 않다. 그래서 정말 목숨을 걸고 운
동을 하러 간다. 그렇게 8개월이라는 시간이 흘러 ‘사람은
진짜 운동을 해야 돼’라는 말을 달고 살게 되었고, 친구들
은 그런 나를 보며 ‘안예은이 이런 말을 하다니’ 하고 항상
놀란다.

　성인이 됐으니까 함께 술잔을 기울이겠지 싶어서 친구
들의 나이도 제대로 묻지 않고 사는 내가 유일하게 나이를

앞세워 하는 말이 있다. 더 늦기 전에 운동을 하라는 것이다. 특히 음주를 즐기는 친구들에게는 더더욱. 정말로, 하루라도 빨리 망나니같이 살았던 삶의 업보를, 몸속에 쓰레기같이 쌓인 방종을 치워나가기 시작해야 한다고. 친구들은 원래 튼튼한 사람이 운동하라고 하는 것보다 훨씬 더 와닿는다고 했다.

나는 나를 사랑하는 방법을 모른다. 몰랐고, 모르고, 앞으로도 모를 것이다. 그러나 나를 미워하지 않는 방법은 찾았다. 그중 하나가 내 모습을 있는 그대로 받아들이는 일 같다. 어떠한 긍정적이거나 부정적인 감정 없이 '그냥 이게 나야' 하고. 내 이목구비를 하나하나 뜯어볼 시간에 주어진 일이나 해치우고, 남에게 민폐 끼치지 않고 살려면 어떻게 해야 하는지에 대해 연구하는 것이 훨씬 낫다.

요즘은 필요한 때가 아니면 내 의지로 셀카를 찍지 않는다. 드디어 있는 그대로의 내 모습을 마주하고 인사도 나누며 사이좋게 지내게 되었는데, 화장을 해서 그나마 볼 만하게 만들어놓은 상태의 얼굴에 적응이 되는 것이 무섭기 때문이다.

나는 나의 하관이 좋다. 사회적인 미의 기준에는 전혀 맞지 않지만 나는 턱이 강한 얼굴을 좋아하는 취향을 가졌다. 누군가는 내 하관을 보고 보톡스를 맞으라고 했다. 진짜 '뭐지?' 싶었다. "왜, 왜요? 저, 그리고 병원 무서워서 수술대 못 올라가요"라고 했더니, "시술 한 번도 안 했어요? 쌍꺼풀도 안 한 거예요?"라는 대답이 돌아왔다. 나는 쌍꺼풀 수술을 했냐는 말을 중학교 때부터 지겹도록 들었다. 쌍꺼풀 라인이 눈을 감아도 남아 있을 정도로 너무 진한 탓인데, 방송 모니터를 해보니 오해할 만하다는 생각이 들긴 했다. 그런데 쌍꺼풀을 했다면 내가 지금 이렇게 생기지는 않지 않았을까? 이왕 수술대에 눕는 거 여기저기 좀 트고 찝고 올리고 하지 않았을까? 나는 이 말을 들을 때마다 "했다면, 지금 이따위로 생기지는 않았겠죠?" 하며 웃고 넘긴다.

"너 살 좀 붙었네", "너 얼굴에 주름 좀 생겼네" 등의 말을 들으면 "응, 살쪘어", "나이 먹었으니까 주름이 생기지" 하며 깊게 생각하지 않고 있는 그대로 사실을 받아들이는 것은 아주 큰일이다. 다이어트를 하든 안 하든, 안티에이징 크림을 바르든 안 바르든 모든 것은 나의 자유다. 그리고 이 자유를 침해하는 훈수가 들어올 때, "음… 어쩌

라고 밥이나 먹자~” 하고 넘겨버리는 것이다. 쓸데없는
훈수를 가볍게 치워버리는 것도 중요하지만, 일단은 사회
가 요구하는 기준에 맞지 않는다고 각종 방식으로 훈수를
두는 일을 줄여나가야 할 것이다.

그래서 나는 언제나 심드렁한 표정으로 코를 후비며,
나의 바둑판에 무단 침입하는 바둑돌들을 튕겨낸다.

“예예, 감사합니다. 밥이나 먹읍시다.”

가끔 너무 거슬리는 바둑돌에는 코딱지도 묻힌다. 무
례한 사람에게는 많은 시간을 할애할 필요가 없다.

한순간에 이루어지는 것은 아무것도 없지만, 속도가
다를 뿐 이루어질 것은 이루어진다. 이루어내는 과정도,
이루어낸 이후도, 그 이후의 이후도 고난의 연속일 것이
고, 나름의 결론을 내렸다고 생각했지만 몇 달 뒤에 ‘꼭 그
렇지도 않네’ 하게 되는 게 사람이다. 나도 그렇다. 그래서
지금은 이런 생각을 하고 살지만 몇 달 뒤, 몇 년 뒤에는 또
다른 생각을 가지게 되지 않을까 한다. 지금의 생각이 결
론인 것처럼 책으로 남게 되는 것에 약간의 두려움이 있

지만, 모든 문장의 끝을 '~한 것 같다', '~라고 생각한다', '지금은 이렇지만 나중에는 또 모르지' 등으로 끝내는 것보다는 '서른한 살의 나는 이런 생각을 했구나' 하며 먼 미래의 내가 대강 자기합리화를 하는 쪽이 나을 것 같다.

맞는 것도 틀린 것도 없다. 그러니까 내 말은, 씩씩한 삶까지 가는 길이 참 멀고 험하지만, 해볼 만하다는 것이다. 삐걱대는 자전거로 울퉁불퉁한 길을 달리며, 쓸데없는 생각의 먹구름이 계속 비를 뿌려대는 통에 앞이 제대로 보이지 않아 자꾸만 목적지에서 벗어나도, 울음이 터지면 시원하게 울고, 크게 넘어지면 잠깐 쉬고, 발에 차이는 돌부리에 화풀이도 하며 어떻게든 멈추지만 않으면 되지 않을까. 굳이 멋지고 비장할 필요 없이, 눈물, 콧물, 땟물로 범벅이 되어서도.

얼마 전에는 플랭크 최고 기록을
경신했다. 3분 41초.
나, 이제 정말 '비실이'는
완전히 벗어난 것 같지?

작심삼일의 세계

아무래도 운동 쪽이 제일 많았다. 매해 1월 1일, 혹은 6월 1일에 맞추어 생긴 하루 내지는 사흘짜리 결심들. 헬스, 필라테스, 주짓수 등 종류는 다양했지만, 이 자그마한 결심들은 운동이라는 큰 이름 아래 제일 많이 모여 있었다. 보통 짧게는 3개월, 길게는 6개월이라는 원대한 출발로 시작한 것들이었다. 하려고 결심했던 운동의 모양을 하고 있으려나—도복을 입고 있거나 아령을 들고 있거나—했는데, 모두들 땅바닥에 누워 핸드폰을 쥐고 있는 형상이었다. '네 정체는 뭐냐'고 물어봐야 그 결심의 원형을 알 수 있었다.

버려진 다이어리들도 있었다. '버려졌다'고 표현하기에는 너무나 깔끔한 모습이었는데, 석 달도 채 사용하지 않은 것들이기에 그랬다. 포장조차 뜯어지지 않은 채인 것들도 상당수였다. 각양각색의 디자인들이 한데 모여 있어 구경하기에는 제일 즐거웠다.

운동과 비등비등하게 수가 많은 결심은 금주와 금연이었다. 이들 역시 건강한 사람의 신체가 아닌 결심의 주인들이 제일 좋아하는 술의 모습이나, 원래 피우던 담배의 모습을 하고 있었다. 밝은 곳보다 어두운 곳을 선호하는 결심들이었다.

굳이 '결심'이 아니더라도, 당장 해치워야 했을 과제라거나 당장 읽어야 했을 책 같은 것들도 있었다. 30분만 자고, 한 시간만 놀고, 오늘만 놀고, 하다가 결국에는 수습되지 못한 잔해들.

나는 운동 전의 내 모습, 그러니까 반시체 같은 모습을 하고 있는 나의 옛 결심의 안내를 따라 이 '작심삼일의 세계'에 왔다. 지금이야 1년 넘게 운동을 하고 있지만 그 전에 이 세계로 올라온 수많은 결심들을 찾기 위해. 드디어 결심을 실천에 옮겼기 때문에 나머지 결심들도 모두 성불하는 시스템인 줄 알았는데, 그건 또 아니었다.

"다 왔어."

손가락 끝을 따라가보니 내 10년간의 결심들이 전부

이불을 덮고 꼼지락대고 있는 모습이 눈에 들어왔다. 청소
년기의 나부터 바로 몇 년 전의 나까지 모두 있었다.

"우리의 주인이 왔어."

나를 데려온 결심이 말하자 다들 주섬주섬 몸을 일으켜
겨울 나뭇가지 같은 앙상한 팔로 반가움을 표했다. 3년 전
의 내 모습을 한 결심이 천천히 걸어와 내게 말을 걸었다.

"요새는… 운동 꾸준히 한다며."

"그래."

"다행이다. 정말 다행이야."

고개를 주억거리는 결심들에게 '너희 덕분이야'라고
했더니 말도 안 된다는 듯 손사래를 쳐댔다. 나는 결심들
이 내어주는 푹신한 방석 위에 앉았다.

"내가 조금이라도 일찍 정신을 차렸다면 너희들은 여
기 있지 않아도 됐을 텐데. 미안하다."

"그게 무슨 소리야."

열여덟의 내 모습을 한 결심이 말했다.

"결심이라도 하니까 여기에 과거가 쌓이는 거야. 결심
을 실천에 옮겨도 여기로 오지 않지만, 결심을 아예 하지
않아도 여기로 오지 않아."

갓 왔을 때는 다들 주인을 많이 원망한다고 했다. 한 주
제의 결심이 계속해서 오거나, 중구난방의 결심이 무리지

어 오면 '걔는 대체 왜 그럴까?' 하고 다 같이 인간계를 내려다보기도 한다고. 그렇게 자신들을 만들어낸 인간이 끊임없이 결심하고 매번 실패하여 자책하는 모습을 지켜보면서 원망은 옅어지고 그 대신 응원하는 마음이 생긴다고 했다.

"우리는 여기 남겨진 것에 대해 슬퍼하지 않아. 그래도 열심히 살아보겠다고 아득바득 뭔가를 하는 거잖아."

"굳이 네 결심뿐만 아니라, 다른 친구들도 다 그래."

"모두들 응원하고 있어."

마음 한구석이 뻐근해졌다.

새 결심을 할 때, '이번에도 안 하면 내가 열 손가락에 장을 지진다', '내가 성을 갈겠다' 등의 생각은 자신들이 응원의 목적으로 심는 거라고 했다. '지지 마, 인간. 이 세계에 새 식구를 늘리지 마' 하며.

"왜냐면 이 세계의 왕이 말이지, 실천으로 옮겨지지 못한 결심들을 보는 걸 좋아해. 비웃으려고 그러는 악한 의도는 아닌 것 같은데, 무슨 생각을 하고 사는지는 잘 모르겠지만 모아놓고 보는 게 재밌나 봐."

옹기종기 모여 있는 게 귀여운 건지, 무언가를 수집하는 인간들처럼 장식용으로 모으는 건지, 주변에 있던 결심들이 한마디씩 거들었다.

"어쩌면 그래서 인간들이 작심삼일이라는 개념을 알게 됐을 수도 있어. 인간들은 그게 인간의 본모습 중 하나라고 생각하지만, 태초에 실패의 신이 있었고, 그 여러 자식 중 결심을 무력화시키는 놈이 하나 있었던 거지."

"나쁜 놈은 아냐."

"맞아, 나쁜 놈은 아닌 거 같아."

여전히 활기를 띠는 결심들 틈에서 꾸벅꾸벅 졸기 시작하는 몇몇 결심들을 보니 대화를 오래 했나 싶어 자리를 털고 일어났다.

"나가는 길은 기억해?"

"응. 그래, 건강하게 살아."

인사를 나누고 걸음을 옮겼다.

드넓은 세계 하나를 창조할 만큼의 수많은 실패의 흔적을 찬찬히 훑으며, 무언가를 실행에 제대로 옮기지 못하더라도 주저앉아 울기만 하지는 않아도 되겠다는 생각을 했다. 그렇다고 굳이 이 세계를 더 붐비게 만들려고 일부러 결심을 마구 버리지는 않겠지만.

나는 이제 더 이상 헛된 결심을 하기 싫어서, 결심한 순간 당장 실천에 옮겼다. 그러나 아마 살면서 작든 크든 많은 실패가, '내일의 내가 해주겠지' 식의 많은 회피가 그 세계로 올라갈 것이다. 그러면 어제의 실패가, 그제의 회피가 다른 과거들과 함께 지지 말라며 응원을 해주겠지. 미래와 과거, 과거와 현재, 현재와 미래가 빙글빙글 돌아가는 이 지구 위에서, 나는 넘어져 깨져서 피가 맺힌 무릎을 하고도 어떻게든 버텨내겠다. 그 무엇도 슬퍼지지 않게 하기 위해.

덧붙여,
_____

〈오늘의 결심〉

1. 아침 햇살 원망하기
2. 출근하기 싫다고
    엄마에게 징징대기
3. 죽은 눈으로 일하기
4. 집에 돌아와 '씻기 싫은 지옥'에
    두 시간 갇혀 있기
5. 그래도 하루를 버텨내기

3장

안일한 하루

내가 좋아하는 것

아무 일도 없는 날 푹 자고 일어나는 것. 모든 일을 끝내놓은 후의 편안한 마음. 그리고 그 상태로 자는 낮잠. 떡볶이. 푸주. 피자. 맛있는 음식으로만 채운 배. 처음 간 가게에서 처음 먹어보는 음식을 처음 입에 넣는 순간. 그리고 그것이 너무나 황홀한 맛일 때. 무언가를 완벽하게 이해했을 때. 한 책을 다 읽고 덮는 순간. 그리고 다음 책을 고르는 순간. 술을 적당히 먹었을 때 오는 알딸딸함. 기다리고 기다리던 작품(영화, 만화, 책 등 전부 포함)이 나왔을 때. 손꼽아 기다리던 날이 찾아왔을 때. 추운 겨울에 체육관에서 운동하고 밖에 딱 나왔을 때. 내일을 생각하며 쥐고 있던 술잔을 내려놓는 나. 친구들과 실없는 소리나 하며 떠드는 것. '만약에'로 시작하는 모든 상상들. 그 주제로 친구들과 세 시간씩 얘기하는 것. 그러다가 꼭 한 명이 지루하다며 찡찡대는 것. 내가 추천해준 무언가를 상대방도 좋아하는 것. 남이 해주는 내 캐릭터 해석. 심리 테스트. 모자. 안경. 양말. 시계. 피트 위스키. 처음 보는 술을 마셔보는 것. 타자기 소리. 깨끗한 안경알. 청국장. 콩국수. 파김치. 겉절이. 들깨수제비. 콩떡. 콩으로 만든 모든 음식. 모든 종류의 콩. 완충된 배터리. 꽃을 보며 듣는 호시노 겐의 〈희극〉. 여름밤에 듣는 스다 마사키와 요네즈 켄시의 〈잿빛과 푸름〉. 비가 올 때 듣는 스다 마사키의 〈대화〉. 친구의 차를 타고 다 같이 놀러갈 때 듣는 비틀즈의 〈드라이브 마이 카〉. 자주 가는 가게에서 내가 정말 좋아하는 음악이 나오는 것. 여름날 야외석에서 먹는 술. 플랭크 신기록 세울 때. 플랭크 중에 매트 위로 땀 한 방울이 떨어질 때. 운동의 효과를 실감할 때. 잠이 오기 직전의 순간. 하루 종일 밖에 있다가 집에 들어와서 싹 씻고 침대에 누웠을 때. 산책을 나와 한껏 신난 강아지가 나에게 달려올 때. 퇴근. 이른 퇴근. 생각보다 빠른 퇴근. 책. 카페에서 책 읽기. 연희동 모처의 바. 그곳에서 책 읽기. 침대에서 책 읽기. 책갈피 사기. 책 사기. 1년에 한 번, 생일 선물로 왕창 받는 문화상품권을 내가 책을 구입하는 인터넷 서점에 등록 완료했을 때. 오랜 친구와 아무 말 하지 않고 앉아 있어도 불편

하지 않을 때. 어둠. 괴담을 읽을 때의 짜릿함. 긴팔 티셔츠에 반바지를 입는 것. 내가 탄 소맥을 상대방이 극찬할 때. '언니'라는 호칭(을 내가 들을 때). 찾아 헤매던 무언가(멜로디만 아는 노래의 제목, 한 장면만 아는 만화의 제목 등)를 찾아냈을 때. 한 음악가의 모든 앨범을 완주했을 때. 안 들리던 외국어가 어느 순간 들릴 때. 나도 모르게 외국어가 입에서 줄줄 나올 때. 정신없이 작업한 흔적이 가득한 노트를 작업 완료 후 한참 뒤에 볼 때. 모르는 것을 알게 될 때. 심장 정기 검진을 받으러 가서 보는 세브란스의 모든 의료진 선생님들의 웃는 얼굴. 옛날 사진을 보는 것. 구운 야채. 멋진 한자.

여기까지
열심히 읽어준
당신.

내가 싫어하는 것

약속을 지키지 않는 것. 배려하지 않는 것. 어린이의 실수에 대한 너그러움이 없는 사람. 이기적인 사람. '척'하는 사람. 계급을 나누는 사람. 남을 하대하는 사람. 남을 함부로 불쌍하게 여기는 사람. 남에게 '너무' 관심이 많은 사람. 여름. 땀. 잠든 상태에서 어딘가를 긁다가 깨는 것. 길어진 발톱. 두통. 다짜고짜 반말하는 사람. 솔직하지 않은 사람. 의리 없는 사람. 내가 하지 않은 일이 내가 한 일로 알려지는 것(좋은 일이든 나쁜 일이든). 오해. 배신. 바로잡을 수 없는 나의 잘못. 남에게 민폐를 끼치는 것. '너무' 감정적인 것. 타투를 할 수 없는 나의 피부. 내가 털 동물들과 친구가 될 수 없게 만든 알레르기. 집에서는 너무 게을러지는 나. 기대했던 약속이 파토 나는 것. 미래에 대한 불안.

불안 때문에 잠 못 드는 밤. 밥 먹자고 식당에 들어가서 자연스럽게 소주를 주문하는 나. 쓸데없는 고집을 죽어도 못 꺾는 나. 좋아하는 주제만 나오면 말을 멈추지 못하는 나. 생리 전에 부풀어 오르는 배. PMS. 한 여름날의 생리. 여행 중 터지는 생리. 생리통. 친한 친구들과 있으면 욕을 너무 많이 하는 나. 공감 능력이 없는 나. 내가 거스를 수 없는 무리한 명령. 머리가 텅 빈 느낌. 배가 고파서 속 쓰리고 어지러운 것. 시간이 비었는데 책도 노트북도 챙겨 나오지 않았을 때.

MBTI 이야기를 할 건데요

MBTI 이야기를 할 건데요, 책장 덮지 말고 조금만 읽어보세요. MBTI별 연애 특징, 이런 거 아니니까 덮지 마세요.

'여기서까지 MBTI야? 아우, 지겨워. 안예은도 별수 없구먼' 하고 확신하기에는 이릅니다. 제 얘기를 조금만 들어보세요. 책 던지지 말아줘요. 두 장만 읽어봐요. 제발 부탁입니다. 예은 소원.

나에게 MBTI는 나와 다른 누군가를 오해하지 않게, 또 나와 다른 누군가에게 실수를 덜 하게 해주는 훌륭한 척도다. 많은 사람들이 한 이야기인데, MBTI라는 것이 본격적으로 유행하기 전에는 '쟤는 성격이 왜 저래?', '저 사람이 나를 싫어하나 보다' 하던 것들이 유행 후에는 '생각하는 방식이 다르구나', '표현 방식이 다르구나'라고 이해할 수 있게 되었다.

나의 MBTI는 INTP다. 그리고 내 주변 사람들의 MBTI는 전부 '○○F○'이다. 친구, 동료, 그리고 엄마까지. (그런데 아버지는 ESTJ다. 이쯤에서 F형이신 분들이 T형 인간들 사이에 갇힌 어머니를 떠올리며 한숨을 한 번쯤 쉬었을 것 같다.) MBTI는, 도대체 내 친구들은 왜 자꾸 나에게 자기를 싫어하느냐고 물어보고, 모이면 한시도 조용할 줄을 모르며, 우리 엄마는 대체 왜 아버지나 내가 별말을 하지도 않았는데 저렇게까지 상처를 받는지에 대한 완벽한 답을 내주었다. 네 개의 알파벳 따위로 인간을 어떻게 정의하냐고들 한다. 당연히 알파벳 네 개로 그 사람을 전부 나타낼 수는 없다. 다만 나는 이것을 통해 누군가에게 내가 의도치 않은 실수를 했고 그로 인해 상처를 줬을 수도 있다는 것을, 그리고 앞으로는 이와 같은 일을 반복하지 않을 방법을 배웠다. 지금 동네의 한 카페에서 이 글을 쓰고 있는데, 옆 테이블에서도 MBTI 이야기를 하고 있다. 뭐, 어쨌든.

우울증 치료 전의 내 MBTI는 INFP였다. 8년을 주구장창 똑같은 결과를 받으며 살아서 이 알파벳 네 개가 바뀔 수 있는 거라는 생각 자체를 하지 못했는데, 우울증 치료를 받은 후의 어느 날, 아마도 MBTI가 유행의 수면 위로 슬슬 떠오를 때 즈음 다시 해봤을 때는 다른 결과가 나왔다. 거기다가 끝에 달려 있는 알파벳도 'A'로 변했다.

최근에는 MBTI 검사에 신경성 지표가 추가되어 결과 뒤에 'T'와 'A'가 붙어 있는 경우를 볼 수 있는데, 'T'는 'Turbulent'의 줄임 말로 '민감형'을, 'A'는 'Assertive'의 줄임 말로 '자기 확신형'을 의미한다. 'T'는 'A'보다 예민하며, 'A'가 'T'보다 자기주도적이며 독립적이라는 이야기다. 그러니까 대강 추측을 해보자면 'I○F○'에 T라는 꼬리가 달려 있는 사람은 한없이 여리고 민감한 마음을, 'E○T○'에 A라는 꼬리가 달려 있는 사람은 독불장군 같은 마음을 가지고 있다고 생각할 수 있다.

그러니까 내 MBTI가 'INFP-T'에서 'INTP-A'로 바뀌었다는 것은 알파벳 두 개의 변화로 본래의 더러운 성격을 되찾았음을 알 수 있다는 것이다. 혹자는 '뭘 꼴랑 알파벳 두 개 가지고 난리야'라고 할 수도 있겠지만, 평생을 우울증이라는 호수의 밑바닥에서 살던 나에게는 이 역시 엄청난 의미였다.

그래서 나는 이 MBTI라는 것에 본격적으로 과몰입을 하기 시작했다. (물론 내 과몰입의 종류가 '나는 INTP니까 INTP처럼 살아야 돼'는 당연히 아니다.) 앞서 말했듯 내 주변 인들이 모두 '○○F○(주로 INFP, ENFP이며 간혹 INFJ가 섞여 있다)'로 구성되어 있어서 질문 하나를 해도 반응이 나뉘는 것이 너무나 신기하고 재미있는 데다가, 사람을 대하는 방법에 있어 커다란 가르침을 주기도 했기 때문이다.

'ENFP가 사람으로 태어난다면?'이라는 질문에 완벽히 부합하는 모습으로 살아가는 싱어송라이터 조애란 씨는 나와 막 말을 트고 친해지는 단계에서 '저 언니가 나를 싫어하나? 나에게 관심이 없나?' 하는 생각을 정말 많이 했다고 한다. 짜증 나는 일이 있어서 감정에 북받친 채 하소연을 해도 '헐, 진짜? 완전 속상했겠다' 하는 공감 대신 잠자코 있거나 '그래서 어떻게 됐는데?', '그래서 그 사람 지금 뭐 하는데?' 같은 질문만 해대서 취조하는 것도 아니고 왜 저러나 싶었단다. 친해진 후에는 '질문이라도 하면 양반이구나' 했다지만.

애란에게 그 이야기를 전해 듣는데, 의도치 않았더라
도 한 사람에게 이만큼의 고민을 줬다는 것이 미안했다.
그래서 설명해줬다. 나는 상대방이 뭔가 더 설명을 하지
않고 '짜증 났다'는 부분에서 끊으면, 이야기를 더 이어가
기 싫다는 것으로 생각해서 먼저 물어보지 않는다고. 그리
고 이야기를 풀어놓았을 때는 어떻게든 친구의 머릿속을
깔끔하게 정리해주고 싶은 마음에 정보 수집 차원에서 질
문을 많이 한다고. 상대방에게 관심이 없으면 아무것도 물
어보지 않는다고까지.

"그러면 언니는 안 친하거나 언니가 별로 안 좋아하는
사람이 하소연하면 뭐라고 해?"
"나? 그냥 '헐, 대박, 진짜 짜증 났겠다…' 이러는데."
"언니, 진짜 그딴 식으로 인생 살지 마."

그리하여 나는 조 씨를 비롯해 주변의 모든 'F 인간
들'에게 인성 쓰레기 깡통 로봇 취급을 받게 되었다. 만약
MBTI라는 것이 없었다면, 나는 이 친구들에게 전부 절교
를 당했을지도 모른다. 아니면 내가 이 친구들과의 대화
자체를 버티지 못하고 자리를 피했을지도 모른다.

'아, 저 사람에게는 질문이 걱정이고 관심이구나.'
'아, 저 사람에게는 질문 말고 공감을 해줘야 하는구나.'
MBTI는 내게 그런 중요한 정보를 알려준 테스트다.

이 'F 인간들'과의 만남이 지금은 어떠한가 하면, 네다
섯 명 정도 만나 술자리를 가질 때, 하소연을 풀어놓을 사
람이 갑자기 나에게 트위터 좀 하고 있으라고 한 다음, 'F
인간들'끼리 신나게 공감의 시간을 가진다. 한참 그렇게
이야기를 하다 내 팔뚝을 쿡쿡 찌르며 '다 들었지?'라는
질문을 던지고, 내가 고개를 끄덕이면 이렇게 묻는다.

"이제 어떻게 해야 되는지 얘기해 봐."
즉 분업이 아주 잘 되어 있다.

다행히 'F 인간들'도 나를 재밌어하는 것 같다. 이들은
몇 명씩 모인 자리에서 이것저것 감상적인 이야기를 나누
다가, 나 혼자 '뭔 개소리야?' 하는 표정을 짓고 있는 것을
발견하게 될 때를 굉장히 좋아한다. 이야기를 나누다 보면
가끔 한 친구가 울기도 하고, 그럼 옆에 있던 친구들이 따
라 울고, 그 눈물바다 안에서 갑자기 시스템 에러를 맞닥
뜨린 로봇처럼 버벅대며 휴지를 가져오는 내 모습에 웃음

을 되찾기도 한다. 어쨌든, 삐걱댈 때도 있지만 잘 굴러가는 인간관계가 아닐까.

그렇게 나는 'F 인간들'의 둥지에서, 학습된 'F 자아'로 사람들을 대하는 법을 열심히 배웠다. 그리고 드디어 31년간 한 집에 살면서도 그간 전혀 이해하지 못했던 우리 엄마 김미자 여사를 이해할 수 있게 되었다. 그 전에는 '아니, 왜 화가 난 거야?'로 결론 없이 흐지부지 끝났던 일들을, 'F 인간들'에게 이야기를 물고 날아가 이유를 물어볼 수 있게 된 것이다.

정말 신기했다. 내가 며칠 내내 생각해도 답이 나오지 않았던 질문들에, 이 인간들은 한 치의 망설임도 없이 정답을 척척 붙여갔다.

"얼마나 다쳤냐고 물어본 게 잘못이야?"
"어, 잘못이야."
"왜 잘못이야?"
"괜찮냐고 먼저 물어봐야지."
"아니, 얼마나 다쳤는지 일단 알아야지."
"그러니까 네가 안 된다는 거야."

또는,

"피곤하다고 해서 밀린 일 그냥 내일 하라고 했는데 대체 왜 삐지는 거야?"

"아, 이 새끼 또 시작이네."

"아니, 왜 서운한 건데?"

"피곤한 거에 먼저 공감을 해드려야지. 야, 내가 너희 어머니면 진짜… 집 나간다."

"우리 엄마도 맨날 집 나간다고 해. 아버지랑 같이 쓰레기 소각장에 버리고 싶대."

반면, 우리 아버지는 나보다도 현실적인 독불장군이다. '눈 덮인 한라산 트월킹 추면서 올라가기 vs 비료포대 타고 내려오기'라는 밸런스 게임 질문을 받는다면, 나는 올라가는 시간에 제한은 없는가, 비료포대는 몇 장을 주는가, 복장은 뭘 입어도 상관없는가 등의 질문을 하며 몰입할 수 있지만 우리 아버지는 '그딴 질문을 왜 해!' 하고 단칼에 잘라버린다. 나는 수많은 'F 인간들'의 가르침 덕에 머리로라도 미자 씨가 왜 그렇게 속상해하고 서운해하는지 알지만, 아버지는 납득 자체를 못 한다. 그래도, 아버지가 왜 공감과 걱정을 하지 않는지, 왜 무슨 말만 하면 뚝뚝 자르는지, MBTI 덕에 엄마가 드디어 이해를 하기 시작한 것 같다. (그러나 이해만 하는 것이지, 항상 서운해하시긴 한다.)

'과유불급'이라는 말은 모든 상황에 통용된다. 이 MBTI라는 것에도 아주 필요한 말이다. 서로 다른 사람들을 이해하는 데에 써야지, '난 P형이라서 약속 시간 10분 전에도 안 나가~', '난 T형이라서 이성적으로 말해주는 거야~' 따위로 미화해서는 안 된다. 인간 사이의 기본적인 예의를 MBTI로 퉁 치지 말자.

며칠 전에 만난 친구는 '너처럼 이렇게 MBTI에 대해서 깊게 얘기하는 사람은 처음 봤어'라는 말을 했다. 사는 모습이 똑같아 보여도 모두 다 다르다는 것을 이해하기 위해 내가 꺼내 드는 나름의 소박한 데이터 같은 것이랄까. 인간의 고유성과 입체성을 납작하게 보지 않기 위한 작은 장치랄까. 하여간 그렇기 때문에 향후 몇 달, 길게는 몇 년 후까지도 MBTI 이야기를 할 것이다. 이 사람이 공감을 원하는지, 해결책을 원하는지, 적어도 아직 잘 모르는 누군가에게 상처를 주지 않기 위해.

요즘은 또 끝 글자가 종종 'J'가 나온다.
나의 비눗방울 같은 여린 멘탈이
예상외의 상황에 깜짝 놀라
터져버리지 않도록 언제나 '플랜 Z'까지
짜놓곤 해서 그런가.
버텨보려고. 어떻게든 버텨보려고.

책장이 부족해

어렸을 때부터 책에 대한 집착이 상당했다고 한다. 그 나이대의 어린이들이 좋아할 만한 장난감이나 음식 등에는 돌부처마냥 반응했는데, 책을 건들라치면 온 힘을 눈에 몰아 쏘아보곤 했다고 부모님이 말해주었다. 추천 도서 목록에 있는 그림책들은 며칠이면 다 읽어버려서 오래오래 읽으라고 그림보다 글이 많은 책을 사주었는데, 그것도 예상보다 너무 빨리 해치워버려 아버지는 '이놈이 집안 기둥을 뽑아먹겠구나' 걱정이 많았다고 했다.

청소년기에 들어서서는 분명 제대로 이해도 되지 않았을 철학책들이나 고딕 문학을 읽었다. 벽돌책으로 유명한 에드거 앨런 포의 『우울과 몽상(지금은 절판됐다. 자랑이다!)』을 항상 책가방에 넣어 다니는 허세 가득한 청소년이었다. '인간들아, 너희가 청소년 필독 도서를 읽을 때 나는 이런 책을 읽는다' 하고 말이다. 허세 빼면 시체였던 그 시절, 특히 일본 문학에 많은 흥미를 가졌는데, 15년 뒤에 다시 읽으니 이런 걸 도대체 왜 읽은 건가 싶은 책들도 많더라. 그래도 이 책들이 지금 나의 취향을 이룬 한 축이겠거니 하면서도, 그 시간에 근현대 한국 소설이나 영미 고전 작품을 더 많이 읽지 않은 것은 아쉽다. (그래서 지금 열심히 읽고 있다.)

몇 년 전, 기록벽이 있는 인간으로서 설치하지 않을 수 없는 독서 기록용 어플리케이션을 설치했다. 쉬는 날 하루를 잡아 책장을 찬찬히 훑으며 살면서 읽은 모든 책을 핸드폰에 집어넣어 보았다. (아마도 3년 전 정도인 것 같은데 그때 기준으로) 정말 많이 읽어왔다고 생각했는데 200권이 채 안 되는 것에 굉장히 자존심이 상했다. 스스로 '애독가'라고 떠들고 다닐 수 없는 권수라는 생각이 들었다. 거참, 별것에 다 승부욕을 느끼는 사람이지, 나는. 그리하여 2020년을 마무리하는 시점에 드디어 1년에 50권 읽기라는 목표를 달성했다. 참으로 뿌듯하였지만 그 기분이 오래가지는 않았다. 도스토옙스키의 『악령』이라는 작품을 읽으며 뿌듯함이 눈 녹듯 사라졌다. 작품이 참 퍼석퍼석하니 내 취향에 딱 맞았으나 책장이 술술 넘어가지는 않았다. '러시아 소설의 악명 높은 인물 관계도가 바로 이거구나!' 뼈저리게 깨달았다. 뭐시기스키 저시기스키… 이름만 외우는 데도 며칠이 걸리는 등장인물 표와 잘 알지도 못하는 러시아의 역사를 양손에 든 채로 발이 푹푹 빠지는 진흙탕을 헤치고 나아가는 약 1,300페이지 분량의 긴 여정이었다. 이런 경우에는 페이지 수로 뿌듯함을 느끼면 되는 것인지, 숫자라는 것은 정말 의미가 없구나 했다.

독서 어플에 나의 책들을 기록하기 시작할 때와 거의 동시에, 트위터에서 여성 작가라는 이유로 상대적으로 알려지지 않은 작가들의 작품을 찾아 읽어보자는 '#○○○○(그해 년도)_여성작가'라는 해시태그가 돌고 있는 것을 발견했다. 나도 그 후로 계속 매년 그해의 연도를 달아 여성작가의 책들만 따로 기록을 해놓고 있다. 그 해시태그 덕분에 아직도 장바구니가 비어 있을 날이 없다. 지금은 2021년 12월인데, 도대체 세상에 존재하는 모든 책을 다 읽으려면 얼마큼 장수를 해야 하고 얼마큼 넓은 집이 있어야 하는지 점점 의문이 커지고 있다.

이제는 '책을 많이 읽는 사람'이라는 이미지가 많이 알려져서, 책을 추천해달라거나 책에 느끼는 장벽을 어떻게 하면 없앨 수 있는지 하는 질문들을 많이 받곤 한다. 일단 첫 번째 질문을 받으면 나는 평소에 좋아하는 만화, 드라마, 영화 등이 무엇인지 먼저 물어본다. 필독 도서라거나 베스트셀러를 추천해주는 것도 좋지만 질문을 한 사람이 정말 재미있게 읽었으면 하는 마음에서 나름의 취향 분석을 하는 것이다. 몇 년 동안 고찰한 결과 이것은 두 번째 질문과 이어진다는 결론을 내렸는데, 나는 책에 대한 장벽이 계속 존재하는 사람들은 아직 자신의 독서 취향을 찾지 못한 게 아닐까 한다.

스마트폰도 텔레비전도 없던 옛날 옛적에는 소설책을 읽는 것도 오락으로 취급되었다는 이야기를 들었다. 지금은 글을 읽는 것 말고도 오락거리가 워낙 많아 상대적으로 독서라는 취미가 딱딱하게 느껴질 수밖에 없지 않은가 싶다. 그러나 내가 독서를 하는 가장 큰 이유는 재미다. 책은 재미있다. 가보지 못한 도시, 나라, 가상 세계까지 여행을 할 수 있게 도와준다. 내가 항상 예시로 드는 것은 삼국지인데, 관련 콘텐츠가 너무나 많아 유비, 관우, 장비 삼총사의 생김새를 다들 비슷하게는 떠올리겠지만 그럼에도 글로써 떠올리는 생김새들은 작은 것이라도 분명히 차이가 있을 것이다. 나는 그 지점이 정말 재미있다. 각자의 그림을 그려가고, 각자의 건물을 건설할 수 있다는 것이 내가 생각하는 글의 가장 큰 장점이다.

아버지는 내가 아주 작았을 때부터 '이놈이 책을 좋아하는구나' 싶어, 아예 태어날 때 가지고 나온 것 같은 그 흥미를 잃지 않게 해주기 위해 필독 도서 중간중간에 만화책을 꼭 끼워 구입했다고 한다. 때문에 어머니께는 매일 혼이 났다지만 나는 이것이 굉장히 지혜로운 방법이라고 생각한다.

이 이야기를 책에 장벽을 느끼는 사람들에게나, 자식이나 조카에게 독서 습관을 길러주고 싶어 하는 사람들에게 항상 한다. 책은 재미가 없다는 편견을 깨는 것이 중요하다. 나조차도 이런 편견을 몇 년 전에야 완전히 없앴다. '책은 재미가 없다'에서 '책을 많이 읽는 사람들은 고리타분하고 깐깐하다'로 이어지는 그 편견 가득한 이미지가 나도 싫었다. 그래서 동네방네 책을 좋아한다고 떠들고 다닌 지는 얼마 안 됐다. 그렇다고 '애독가'라는 타이틀을 받아들인 건 또 아니다. 아직 읽은 것보다 읽을 것이 훨씬 더 많기 때문이다.

그 뭐냐, 나는 아직 배고프다.

내가 사랑하는 장르

최근에는 소설을 읽다 생긴 궁금증을 해결하기 위해 역사책이나 과학책 등을 사 모으기 시작했다. 책을 좋아하는 친구는 "그건, 책 덕후들이 한 번씩 거쳐 가는 관문이야"라고 했다. 어떻게 보면 그런 것 같기도 하다. 즐겨 읽는 러시아 문학이나 인도 문학 등에 그 나라의 역사 이야기가 나오기 마련이고, SF소설에서는 왜 시간 여행이 가능하게 되었는지와 같은 설정을 꽤 자세히 다루기 때문이다. 이야기의 맥락과 함께 어렴풋이 이해하고 넘어가는 때가 많아서, 좀 더 정확히 알면 지금보다 재미있게 읽을 수 있지 않을까 하는 생각에 해당 학문에 관한 책들을 본격적으로 사게 된 것이다. (그래서 내가 〈스타워즈〉를 좋아하는 것 같기도 하다. 모든 것이 '포스' 하나로 퉁 쳐지는 세계. 다른 지식

을 요구하지 않는 세계. '이건 왜 이런 거예요?', '그게 바로 포스
다.', '저건 어떻게 저렇죠?', '저건 포스다.')

내가 알고 싶어 하는 것들이 실생활에서는 거의 쓰이
지 않을 지식일지는 몰라도, 무언가를 만드는 데에 있어
서는 확실히 도움이 된다. 요즘에는 특히 과학이 그렇다
고 많이 느낀다. 내가 과학이라는 학문을 체계적으로 몰라
서 그런 것 같기도 하지만, 나는 과학이 참 낭만적인 학문
이라고 생각한다. 달 주변의 공기가 차가워지면 습기가 모
인다든지, 천왕성은 외계의 얼음물질과 강하게 부딪혀 그
충돌로 누운 채로 공전과 자전을 한다든지 하는 것들 말이
다. 이렇게까지 깊게 생각하지 않아도 별이니 달이니 우주
이니 하는 것은 예로부터 지금까지 항상 신비롭고 낭만적
인 느낌을 주기도 하는 것 같다. 그러니 별 하나하나, 우주
를 이루고 있는 물질들을 하나하나 뜯어보면 그것만큼 방
대한 주제 창고가 또 없는 것이다. 꽃은 또 어떠한가? 나무
는? 풀은? 바다는? 강아지는? 까마귀는? 고래는? 지구는?
이 세상 자체가 모두 이야기다.

홀로인 채로 작게 존재하는 이야기부터,
작은 이야기들이 모여 만들어진 이야기.

원래부터 커다란 몸집을 가진 이야기.

전혀 접점이 없을 것 같은 이야기들 사이의 이야기.

그래서 SF장르를 가장 좋아하나 보다. SF소설들을 많이 접하지 못했을 때는 영화 〈스타워즈〉, 〈스타트렉〉 정도를 떠올리는 것이 전부였는데 이 장르의 소설들을 읽은 후로는 '내가 정말 식견이 좁은 사람이었구나', '작가라는 직업은 정말 대단하구나' 감탄만이 내 몫이 되었다. 현실에 존재하지 않는 것들이 주는 쾌감이 나에게는 참 크다. 그리하여 가상 세계를 사랑하다 사랑하다 미쳐버린 작곡·작사가 안예은이 〈섬에서〉, 〈섬으로〉라는 앨범을 발매하게 된다. 곡 작업을 하며 수록곡에 맞춰 동화를 써서 함께 앨범에 넣었는데, 이때 다시 한 번 '노랫말을 쓰는 것과 긴 글을 쓰는 것은 정말 천지 차이구나', 새삼스럽고도 뼈저리게 느꼈다. 물론 즐거운 도전이었으나, 묘사와 고증이 더 필요한 부분들이 상당히 많았던 것 같은데 모든 것을 '그냥 받아들여'로 밀어붙여버렸다. 만약 미래 어느 시점의 나 자신이 또 일을 키워 이런 정수기 물통 엎지르기 같은 상황을 또 만든다면, 그때는 이보다 더 나은 결과물이 나왔으면 좋겠다는 생각을 해본다.

그런데 지금 내가 출판을 위한 글을 쓰고 있다. 가사도 아닌, 앨범을 더 풍부하게 구성하기 위해 CD 패키지에 곁다리로 몇 줄 적는 것이 아닌, '책'을 쓰고 있다. 엎질러진 물을 닦는 지금의 나는 어떨까. 눈물을 흘리고 있긴 하지만 입은 웃는다. 어쨌거나 글과 책은 내가 세상에서 제일 좋아하는 것이니까.

얼마 전, 책 덕분에 '행복'이라는 것에 대해 다시 생각해본 날이 있었다. 연희동 모처에 책을 읽으며 술을 마실 수 있는 바가 있다. 꼭 가봐야지 생각만 몇 년을 하다가 드디어 그 가게에 처음 방문했을 때, 나는 자리에 앉아 책을 펼치자마자 사랑에 빠졌다. 그날 나의 맞은편에 앉아 있던 친구는 "언니, 지금 진짜 행복해 보여"라는 말을 했다. 한 손에는 술잔, 다른 손에는 책. 언제나 '행복'이라는 것을 아득하니 먼 곳에 있는 것으로 여기던 내가 감히 '행복'이라는 단어를 인생에서 처음 쓴 날이었다. 행복이 뱃속에서 부글부글 끓고 있는 것 같았다.

여전히 행복이란 나에게 거대한 것이다. 그리고 알코올, 카페인, 책이 공존하는 그 여유로운 시간도 나에게 커다란 것이다. 만들기도 유지하기도 힘들지만 어쨌든 행복이라는 것이 존재한다는 사실을 깨달았다는 게 나에게는 매우 중대한 사건이었다. 책 덕분이다. 나의 관 속에는 나의 책들이 함께 들어갈 것이다. 아, 요새는 화장을 많이 하지. 그러면 나의 소중한 사람들에게 중고 거래권을 넘겨주겠다. 그 옛날 욕심쟁이 왕들처럼 내 재산을 저승에까지 아득바득 들고 가고 싶지만, 그렇다고 열심히 사 모은 책들을 내 몸과 같이 태운다는 건 생각만 해도 속상해서 이상한 표정을 짓게 된다. 좀 낭만적인 것 같기도 하고? 언제 생을 마감할지 모르니 지금부터 고민해봐야겠다.

어림잡아 400여 권이 조금 안 되게
책을 갖고 있다고 생각했는데,
이 이야기를 들은 엄마가 자신이
바보를 낳아놓은 것 같다며
일일이 수량을 센 결과를 알려주었다.
911권이었다.

〈전원일기〉와 〈무한도전〉

요새 잡무를 하다 거실에 나와 보면 텔레비전에서는 언제나 〈전원일기〉가 방영되고 있다. 케이블 채널 몇 군데에서 하루 종일 틀어주는 것 같다. 엄마는 항상 〈전원일기〉를 틀어놓고 뜨개질을 한다. 그리고 내가 리모컨을 쥐면 우리 집 텔레비전에서는 몇 시간 동안 〈무한도전〉만 나온다. 엄마랑 아버지는 다 같이 보는 텔레비전인데 이럴 수가 있냐며 나의 리모컨 독점권에 대해 언성을 높이곤 한다. (특히 아버지가.)

아마도 내 또래들, 그러니까 넓게 잡아 8090년생의 청소년기와 청년기는 모두 〈무한도전〉이었을 것이다. 종영 당시 청춘의 한 페이지가 넘어가는 듯한 기분을 느꼈다는 감상이 엄청나게 많았다. 물론 나도 그랬다. '내일모레 마흔 누구누구'라는 자막이 매 회 빠지지 않고 나오던 때부터, 그들이 마흔을 훌쩍 넘기고 가족을 이룬 후까지 10년이 넘는 세월이 흘렀다. 지금도 기분이 이상하다. 이와 비슷한 감정을 느낄 수 있는 장르는 〈해리포터〉일 것이다. 우리 세대는 이 영화의 아역 배우들과 함께 나이를 먹었다고 해도 과언이 아니다. 그러나 나는 이 거대 장르에 흥미를 붙이지 못했기에, 바다 건너 외국 친구들 대신 외국어 울렁증이 있는 삼촌뻘의 아저씨들과 나이를 같이 먹었다.

내가 처음 제대로 각을 잡고 본 〈무한도전〉 에피소드는 '아이스 원정대'였다. 황소와 줄다리기를 한다든가, 단어를 거꾸로 말하는 '쿵쿵따' 비슷한 게임을 한다든가 하는 콘셉트 없이 여섯 명의 캐릭터만으로 진행이 되기 시작하던 때. 그때 나는 열다섯 살이었다. 프로그램에서 항상 표방하는 '대한민국 평균 이하 여섯 남자'가 뭐가 그렇게 좋아서 단번에 사랑에 빠졌는지 뚜렷하게 기억이 나진 않지만, '몸 개그'라 일컫는 슬랩스틱 코미디보다는 말재간이나 상황으로 웃기는 쪽을 좋아하던(지금도 그렇다) 나에게 아주 새로운 예능이었다는 건 확실했을 것이다. 아무튼 그 후부터 이 〈무한도전〉이라는 프로그램을 꼬박꼬박 챙겨 보기 시작했다. 그럴 수밖에 없었다. '아이스 원정대' 다음 주제는 무려 납량 특집이었다. 그때도 나는 공포를 사랑하는 청소년이었고 모든 예능의 납량 특집을 전부 챙겨 보았기 때문에, 〈무한도전〉 납량 특집도 당연히 그 안에 들어가 있었다. 그렇게 〈무한도전〉의 팬이 된 나는 더 이상 주말 저녁에 약속을 잡지 않았다. 약속이 있어도 무조건 방송 시간 전에 귀가하여 텔레비전 앞에 엉덩이를 붙이고 앉아 있었다.

　내가 좋아하는 특집들은 주로 콩트 설정에서 펼쳐지는 무언가였다. 뭐, 짝꿍 특집, '며느리가 뿔났다' 특집, 춘향전 특집, 농촌 특집, 김장 특집, 7080 특집, '명수는 열두 살' 등의. 특정 캐릭터로 분한 출연자들이 연기와 실제를 넘나드는 개그를 던지는 족족 나는 배를 부여잡고 방바닥을 뒹굴었다. 예능계의 혁명이라 불리는 추격전 포맷이나 장기 프로젝트 역시 당연히 재미있었지만 나는 좀 더 작은 규모에서 멤버들끼리 알콩달콩 노는 모습을 좋아했다. 추격전 포맷의 특집에서도 상황의 긴박감을 즐기기보다는 노홍철의 사기꾼 캐릭터를 동경했고, 박명수가 하찮은 체력으로 달리다가 엎어지고 넘어지는 장면 대신 예쁜 형광 보라색 안경을 급하게 맞춰 착용한 유재석을 보고 잘 어울린다며 낄낄 웃는 박명수를 보며 웃었다.

나에게 로망을 심어준 특집 중 하나는 바로 〈무한도전〉 가요제였다. 모두들 알다시피 당시 〈무한도전〉은 가요제만 했다 하면 음원 차트 상위권을 전부 석권할 만큼 강력한 힘을 가진 프로그램이었다. 가요제에 나오는 노래도 좋았고, 생각보다 다양한 장르들이 나오기도 했다. 화제성은 말할 것도 없었거니와 〈무한도전〉의 골수팬에 어쩌다 보니 음악학도의 길을 걷게 된 사람으로서 가요제를 보니 그야말로 눈이 뒤집혔다. 저거다. 저게 내 꿈이다. 나는 정형돈 혹은 노홍철과의 가요제 출전을 꿈꿨다. 노홍철의 경우, 방송에 나오는 것만 보면 충격적일 정도로 음악에 재능이 없지만, 저음만큼은 굉장히 좋다(개인 취향입니다). 그래서 밝은 이미지를 버린, 음산한 분위기의 음악을 해보면 재밌겠다는 생각을 했었고, 정형돈의 경우 로큰롤, 뮤지컬, 탱고 등 굉장히 다양한 장르의 음악을 시도하는 사람 같아서 예상치 못한 재밌는 결과물이 나오지 않을까 하는 생각을 했다. 그러나 〈무한도전〉 가요제는 2015년을 마지막으로 더 이상 개최되지 않았고, 나는 2016년 말에 데뷔를 했으므로 꿈을 이루지는 못했지만, 상상만으로도 즐거웠다.

요즘에 〈무한도전〉을 다시 보면서 놀랐던 것은, 탄탄히 자리가 잡히기 전 초창기 때 자막에는 항상 멤버들의 이름 위에 그들의 캐릭터를 알리는 별칭이 추가되어 있었다는 것이었다('명수' 위에는 '아버지', '하하' 위에는 '꼬마' 등이 삽입되어 있는 식). 그 당시에 캐릭터를 부여해주는 행위 자체를 그렇게까지 강하게 하는 프로그램은 아마 없었을 것이다. 멤버들끼리 나누는 대화뿐만 아니라 자막에까지 캐릭터를 심어놓았기 때문에 시청자들이 멤버들의 캐릭터를 인식하기가 더 쉬웠을 것이고, 그랬기 때문에 멤버들의 캐릭터를 완벽히 이해하게 된 시청자들끼리도 가상의 대본을 쓰면서 낄낄댈 수 있었던 것이리라.

꽤 시간이 흘러 지금 봤을 때 불편한 장면들이 많은 것도 사실이다. 여성 게스트를 대하는 방식이라거나(멤버 중 이상형 고르기, 순위 매기기 등), 인종이나 질병을 희화화하거나 상대를 심하게 비하하는 개그나 자막이 많았다. 그러나 그때의 제작진들이 당시와 똑같은 주제로 지금 방송을 다시 만들어도 그럴까? 나는 아닐 것이라고 생각한다.

밥 먹을 때 한 편만 본다는 핑계로 서너 편을 내리 앉아 보는 나에게, 본 거 또 보고, 본 거 또 보고, 다 외우고도 또 똑같은 편을 보는 나에게(나는 캡처 한 장만 봐도 무슨 특집이었는지, 앞뒤 맥락이 뭐였는지, 이다음에 무슨 상황이 되는지까지 다 맞출 수 있다. 이것을 언젠가 개인기로 꼭 써먹고 싶다) 어느 날 엄마가 물었다.

"너는 〈무한도전〉이 제일 좋니?"
"내 인생의 반을 함께한 프로그램이니까, 좋다 싫다라기보다는 정 같은 게 생긴 것 같아~"
"엄마한테 〈전원일기〉 같은 거구나?"

그 대화 이후 엄마는 내가 주구장창 〈무한도전〉만 보는 것을 조금 이해하게 된 것 같다. 어떤 사람이든지 자신의 인생을 함께 보낸 듯한 프로그램을 하나씩은 가지고 있을 거라는 생각에 괜스레 아련해졌다. 엄마에게는 〈전원일기〉가, 나에게는 〈무한도전〉이, 내 친구에게는 〈해리포터〉가, 또 이 글을 읽고 있을 사람들에게는 내가 모를 수도 있는 각자의 장르가 있을 것이다. 굳이 드라마나 영화, 예능이 아니더라도, 꼬박꼬박 챙겨 보던 애니메이션일 수도, 출간 때마다 함께한 만화책일 수도, 판타지 소설일 수도, 손꼽아 기다리던 음악가의 신보일 수도 있다.

그들과 서로 아는 사이였다거나 실제로 곁에 있지 않

앉어도, 인간이 아닌 무언가가 인생을 함께 걸어왔다는 느 낌을 주는 것은 꽤 묘한 일이다.

인생 혼자 사는 것이라고 줄기차게 외쳐대던 나도 어 쩌면, 누군가와 함께 살아온 것이겠다.

이제는 정말, 정말, 정말
반복해서 볼 에피소드가 없다.
너무 많이 봐서
배경 음악처럼 틀어놓게 된다.
그래도 나는 또 숟가락을 들며
삼십 번은 봤을 '죄와 길' 특집을 틀고,
식사 시간만이라도
열아홉의 예은이가 된다.

음식에 진심

본격적으로 돈을 벌기 전, 나의 꿈은 '내가 가고 싶은 식당에 친구들 대여섯 명과 함께 가서 내가 먹고 싶은 메뉴만 주문하여 다 같이 먹고 계산은 내가 하기'였다. 맛있는 음식과 그것을 먹는 행위를 너무나 좋아하는 나의 마음에 비해 위장의 용량이 턱없이 부족하기 때문이었다. 이 꿈은 다음과 같은 사고의 흐름으로 생겼다.

1. 식당에 사람을 많이 데려가려면 혼자 가서 메뉴를 여러 개 주문해 전부 남기는 극악무도한 환경 파괴범은 당연히 되지 않을 것이고,

2. 나는 〈고독한 미식가〉의 고로 아저씨처럼 언제나 심사숙고 끝에 배를 채울 식당을 정하기 때문에 선택에 실패

가 거의 없다.

따라서 머리를 굴려본 결과 내가 좋아하는 사람들 배도 채워주고 낭비도 하지 않는, 위와 같은 아주 좋은 방법이 도출되었다.

그 후 직업이 있다고 말할 수 있는 삶을 살게 되고, 과분한 응원과 사랑을 받으며 이 꿈을 이루게 되었다. 평소 궁금했던 음식들을 모두 주문한 후 내 분수에 맞게 적당히만 먹고, 친구들의 선택권을 빼앗는 대신 계산을 하는 것이다. 누이 좋고 매부 좋고 일거양득의 효과를 가지는 일이다.

그렇다. 나는 음식을 정말 좋아한다. 식욕이 엄청난 것은 아니고, 많이 먹지도 못한다. 그렇지만 맛있는 음식을 먹는 것을 좋아한다. 맛있는 것을 입에 처음 넣었을 때의 그 짜릿함을 무엇과 비할 수 있을까.

가까운 사람들과 식사를 하는 것도 물론 좋지만, 음식을 먹는 것 자체를 좋아하기 때문에 나는 혼자 식사를 하는 것을 더 좋아하는 편이다. 먹을 수 있는 음식의 양이 한정적이라는 치명적인 단점이 있긴 하지만, 그래도 '내 입

엔 맛있는데 친구 입엔 안 맞으면 어떡하지' 류의 걱정을
하지 않아도 된다는 점에서 더 좋아한다.

그래서 나는 '혼밥'이라는 단어가 처음 생겼을 때 퍽
의문을 가졌었던 것 같다. '다들 혼자 밥을 먹지 않는 거
야? 그래서 저런 단어까지 나오게 된 거야?' 싶었다. 생각
보다 많은 사람들이 혼자서 밥을 먹는 행위를 부끄러워했
다. 우리 엄마만 봐도 그랬다. 사람들이 타인에 대해 관심
이 그렇게까지는 없는데. 그렇지만 뭐 그렇게 생각할 수도
있지.

내가 제일 좋아하는 상황은 두세 개의 일정 사이에 서
너 시간씩 붕 뜨는 시간이 생기거나, 만나기로 한 친구의
퇴근이 생각보다 늦어지는 상황이다. 갑자기 남는 시간이
뭉텅이로 생기는 상황이라고 정리할 수 있겠다. 이럴 때는
식당은 물론이고 카페까지 심사숙고하여 선택한 후에, 음
식들의 맛을 느긋하게 즐기며 내 시간을 보낼 수 있기 때
문이다. 나는 식당 최종 선택의 시간을 정말 좋아한다. 이
걸 먹을까, 저걸 먹을까 고민하고, 밥을 다 먹은 후에는 근
처의 카페를 갈 것인지 좀 걸어서 소화를 시킨 후 조금 멀
리 있는 디저트가 맛난 카페에 갈 것인지 머릿속으로 메뉴

를 배합한다. 간혹 식사 메뉴와 커피, 디저트까지 함께 파는 가게에 갈 때는 몇 가지의 음식을 먹을 것인지 무엇을 먹을 것인지 뭐부터 먹을 것인지 가게로 가는 길에 전부 정하는 그 과정을 정말 좋아한다. 보통 뭘 먹을지 가게의 간판이 보이기도 전에 정해놓지만, 메뉴판을 구경하는 것도 좋아해서 머릿속에 이미 메뉴가 자리하고 있는 상태여도 메뉴판을 한 번 더 훑곤 한다.

친구와의 약속이 몇 주일 전에 잡히면 그때부터 만나기로 한 장소 주변의 식당 목록을 쭉 뽑아놓는다. 확고한 취향을 가진 친구라면 그 취향에 맞는 식당을, 명확한 취향이랄 것이 없는 친구라면 호불호가 갈리지 않으면서 맛있는 식당을 찾는다. 선택의 폭을 넓히기 위해 후보는 적어도 세 개 이상. 이런 과정 자체를 조금 부담스럽게 느끼는 성격의 친구를 만날 때는 혼자 찾아보고 약속 당일에 정리한 목록을 보여준다.

이렇게 음식에 진심인 내가 수저를 거의 들지 않는 유일한 때가 있다. 바로 술자리에서다. 아무리 맛있는 안주가 나와도 왜 그렇게 젓가락이 안 가는지. 입가심할 정도의 주전부리만 있으면 된다. 단무지랑도 마신다. 내가 하도 안주를 안 먹어서 말 안 듣는 아이에게 밥을 먹이는 어머니의 마음으로 숟가락을 내 입에다가 메다꽂는 친구들도 있다. 어쨌거나 빈속에 술만 넣으면 당연히 좋지 않으니 의무적으로 안주를 챙겨 먹으려고 한다(잘 되지는 않지만).

　술을 먹지 않으면 될 일 아니냐고요?
　그건 불가능합니다. 저는 틀렸어요.

　앞서 말했듯이 나는 식욕이 엄청난 사람도, 먹는 양이 엄청난 사람도 아니다. 그러나 음식을 사랑하는 마음만큼은 엄청난 사람이다. 내 위장의 용량 때문에 이 마음이 왜곡되는 것은 싫다. 최근 한 예능 프로그램에 코드쿤스트 선생님이 출연해, 먹는 양이 워낙 적어 식당에서 맨날 음식을 남기게 되는데 그럴 때마다 너무 죄송해서 계산할 때 꼭 "너무 맛있는데요. 제가 배불러서 남긴 거예요"라는 말을 하고 나온다는 이야기를 접한 적이 있다. 그런 사람이 나뿐만이 아니구나, 작은 위안을 얻었다. 나도 맨날 그런다. 아무리 잘 봐줘도 반은 남은 음식을 보며 매번 내 위를 원망하면서 죄인의 표정으로 계산대에 가서 코쿤 선생님이 하신 말씀과 정확히 똑같은 말을 한다.

　'위장은 작지만 사랑은 큽니다.'

    음식에 관련된 무언가에 어떤 것으로든 출마하게 된다면 쓰고 싶은 문구다. '무언가'와 '어떤 것'에 뭐가 들어갈지는 모르지만 한 번쯤 크게 외쳐보고 싶다. "적게 먹는다고 해서 음식을 좋아하지 않는 게 아닙니다! 음식을 사랑하는 마음만은 다 똑같다고요!" 하고, 이 열사 외칩니다.

기록한다는 것

요즘은 기록의 중요성에 대해 생각하는 날이 늘고 있다. 꼬박꼬박 다이어리의 페이지를 채워가는 사람, 매일매일 일기를 쓰는 사람, 어플을 이용해 그날의 감정을 색으로 남기는 사람, 짤막한 영상으로 하루를 기록하는 사람 등 자신의 흔적을 기록하는 사람이 왜인지 주변에 점점 많아지는 것 같은데, 나는 이 중 어디에도 해당되지 않는다.

내가 유일하게 꾸준히 기록하고 있는 것은 독서다. 나의 감상 같은 것은 기록하지 않고, 읽는 순간 심장이 뛰며 (심장은 원래 뛰어야 합니다) 계속 곱씹게 되는 문장 정도만 기록한다. 그러나 이것도 기록하느라 책을 덮는 행위 자체가 귀찮기 때문에 자주는 하지 않는다. 나의 기록은 책을 덮는 순간의 날짜로 남겨진다.

내가 완독 목록을 남겨놓는 가장 큰 이유는 켜켜이 쌓인 모양을 나중에 보면 뿌듯해서다. 앞서 말했듯 그때그때의 감상을 따로 써두지는 않아서 사람에 따라 삭막한 기록이 될 수도 있겠다. 글자로 남겨진 모든 나날들이 전부 추억거리가 될 수야 없겠지만 뭐라도 쌓아보려고 한다.

초등학교 때 쓰던 일기를 즐거운 마음으로 썼던 친구들이 있을까? 있을 거라고 생각한다. 그러나 나는 아니었다. 공책 한 바닥을 가득 채우기에는 나의 이야기가 너무 짧았다. 그래서 '너무'를 500번은 써 넣고, 그래도 모자라면 물결 표시(~)를 길게 늘여 마지막 줄까지 채웠다. 나중에는 인터넷 유머나 생소한 속담 같은 것을 찾아다 쓰기도 했다(죄송했습니다, 선생님). 아마도 강제성에서 오는 거부감이 아니었을까 싶다. 나의 친구들이 어릴 적 독서를 멀리했던 것과 비슷한. 그러나 대청소를 할 때나 너무너무 일하기 싫을 때 숙제가 너무나 하기 싫어 연필을 부러트릴 듯 쥐고 울상 짓던 어린 날 기록을 보며 한참을 낄낄대지 않는가.

인간의 기록 방법 중 제일 많이 쓰이는 것은 아마도 사진일 것이다. 인간들은 언제나 사진을 찍고, 찍어놓은 사진을 보며 그날을 다시 떠올린다. 문제는, 나는 사진도 잘 찍지 않는다. 그러니까 총체적으로 '기록'과 거리가 먼 사람이다.

본격적으로 예전에 찍어놓았던 사진들을 보며 추억에 눈물짓곤 하던 것은(나는 눈물이 없다. 내적으로 울었다) 코로나 사태가 발발하면서부터였던 것 같다. 손님들이 빽빽하게 들어찬 술집 한가운데에 친구들과 모여 웃고 떠들던 날. 가게 안의 그 많은 사람들이 전부 마스크를 쓰지 않았던 날. 모두가 같은 감정을 코로나력으로 3년이 흐를 동안 지긋지긋하게 느끼고 있겠지.

슈퍼컴퓨터급의 기억력을 가지고 있는 사람은 기록을 할 필요성을 아예 느끼지 않으려나? 그러나 대부분의 기억력이라는 것은 그 정도는 아닐 것이다. 아무튼 내가 하고 싶은 말은 뭐냐면 20여 년을 그냥 흘려보내긴 했지만 이제라도 기록의 중요성에 대해 생각하게 되었다는 것을 다행으로 여기고 있다는 것이다.

기억이라는 단어는 기록할 '기(紀)'자에 생각할 '억(憶)'자를 쓰고, 추억이라는 단어는 생각할 '억(憶)'자는 같게 쓰지만 기록 대신 쫓을 '추(追)'자를 쓴다. 한자로 이루어진 단어라서 추억에는 뭔가 낭만적인 뜻이 있는 것일까 싶어 찾아보았는데 꼭 그렇지만도 않은 것 같다. 그럼에도 불구하고 기억보다 추억이 더 낭만적인 느낌을 주는 것은 왜일까?

'그래, 이때 그랬지' 하며 미소도 지어보고, 친구들과 공유하며 '이때 기억나냐?' 하고 한바탕 이야기보따리를 풀어놓으려면 기록이 필요하겠다. 하지만 이런 생각을 했다고 해서 천성이 기록과 먼 내가 당장 무언가를 시작하지는 않을 테고, 어쩌면 시간이 많이 흐른 후에도 그대로일지도 모른다.

다이어리를 빼곡히 채우는 사람은 못 되어도, 글 한 줄, 사진 한 장으로라도 언젠가는 날아가버리는 유색 잉크 같은 나의 기억들을 죄 묶어놓아야겠다.

강한 햇빛에도 꿈쩍하지 않는 파란 잉크로.

인간관계

인생을 살아가며 어려운 일이 한두 개이겠냐마는, 극악의 난이도를 뽐내는 것 중 하나는 인간관계를 만들고 유지하는 게 아닐까 싶다. 둘 중 하나만 하기도 어려워 죽겠는데 둘 다 너무 어렵다.

인간은 혼자 살 수 없는 동물이라는 말이 있다. 하지만 나는 아무 교류 없이 홀로 살 수는 없는 것인지 매 순간 생각한다. 혼자 있는 것을 좋아하고 외로움을 많이 타지 않아서인데, 한편으로는 또 타인의 관심과 애정을 쓸어 담고 다니는 사람을 보면 그렇게 부럽다. 그럴 때면 원래도 위축된 채로 살아가고 있는 내가 더욱 작아진다.

모든 일에는 언제나 균형이 중요하다. 해가 갈수록 느낀다. 인간관계도 그렇다. 너무 돌진해서도 안 되고 너무 소극적이어서도 안 된다. 아, 어쩌란 말이냐. 트위스트 추면서…
(이것도 옛날 개그가 되었겠지. 그러나 난 꿋꿋이 쓰겠어).

나는 아직도 사람을 만날 때, 상대방이 나에게 호감이 20퍼센트 미만이라는 전제를 깔아놓는다. 우울증 치료 전에는 호감은커녕 만나기 싫은데 억지로 시간을 냈다고 생각했으니, 지금은 상태가 많이 나아진 것이다. 이런 피해망상은 내 경우에 대입해보며 조금씩 호전되었다.

- 나는 만나기 싫은 사람에게 억지로 시간과 돈을 쓰는가?
- → 아니오. 나야, 싫은 일을 억지로 하지 않는 성격이지만 상대방은 아닐 수도 있다.
- 그럴 때는 억지성을 무마할 수 있는 어떠한 목적이 있을 것이라고 보는데, 나와 만나기로 한 날이 다가오는 게 너무나 끔찍함에도 불구하고 상대방이 굳이 나를 만나야 할 만큼 내가 큰 목적이 될 수 있는가?
- → 아니오.
- 내가 그렇게 잘났는가?
- → 아니오.

그렇다면 이 자리에 나와 함께 있는 것이 '극혐'은 아닐 것이다.

그런 흐름으로 자의식과잉에서 벗어날 수 있었다. 생각해보면, 이렇게까지 따지지 않고 그냥 나오는 사람들이 대다수일 것이다.

일단 같은 자리에서 얼굴을 맞대는 것까지는 해낼 수 있다. 그러나 이것은 사천왕 중 최약체를 하나 쓰러트린 것뿐이다. 본격적인 대화를 진행시키는 순간 엄청나게 험난한 관문들이 다시 눈앞에 펼쳐지게 된다.

나도 내 문제가 무엇인지 안다. 관심이 없는 분야에는 목에 칼이 들어와도 관심 있는 척 따스한 리액션을 못 하는데, 반면 내 관심 분야가 주제로 나오면 브레이크를 내다버린 폭주 기관차가 된다. 전자는 살아오면서 고치려고 노력을 많이 해 이제는 눈에 영혼을 담는 시늉이라도 하며 '헐, 진짜, 대박!' 3종 세트를 돌려쓰고 있는데, 후자는 고쳐지지가 않는다. 입을 뗄 때는 '조금만 이야기해야지. 진짜 양념 치는 정도로만 해야지' 하고 시작하는데, 정신을 차려보면 나 혼자 신나서 떠들고 있는 경우가 많다. 대부분 그랬다. 아니, (핸들이 고장 난 8톤 트럭을 갑자기 맞닥뜨린 사람들에게) 미안하게도 모든 경우에 그랬던 것 같다.

절대적인 확률로 폭주해버리는 대화 주제 1위는 역시, 책이다. 친구들은 내가 책을 워낙에 좋아하니 항상 가벼운 마음으로 추천을 해달라고 했다가, "그런 어정쩡한 마음으로 책 추천을 받겠다는 거냐! 가만있어 봐. 너 드라마 뭐 좋아하지?"로 시작된 여정에 올라 영화, 드라마, 만화로 만들어진 거대한 산을 지나오는 동안 한바탕 취조를 받고, 자판기 배출구(자판기에서 음료수를 꺼내는 그림을 상상하시오)에서 드디어 책 한 권이 톡 떨어지나 싶더니 갑자기 몇십 권의 책이 우루루 쏟아져 기계가 터져버리는 장면으로 끝이 나는 경험을 한다. 그들은 이제 내 앞에서 책의 'ㅊ' 자도 꺼내지 않게 되었다.

'안예은 폭주 버튼' 2번은 덕질하는 장르에 대한 질문이다. "너 요즘 보는 드라마 제목 뭐더라?"라는 질문을 받으면 그냥 "어, MIU404" 한마디만 하면 되는데, 제목은 당연하고 어느 OTT 서비스에서 볼 수 있는지, 어떤 캐릭터가 나오는지, 그 캐릭터들은 어떤 성격인지, 그 배우의 다른 필모그래피는 어떤지 줄줄 말하고 있는 것이다. 그러다 문득 주위를 둘러보면 '이 새끼 또 시작이네. 잘못 건드렸다' 하는 듯한 친구들의 눈을 매번 마주하게 된다. 정말, 정말 진심으로 고치고 싶은 나의 성격 요소 중 하나다.

이쯤 오니 아무래도 인간관계를 만들고 유지하는 것이 어려운 게 아니라 내가 사회성이 없는 것 같다. 그러나 나뿐만 아니라 많은 사람들이 인간관계에 대한 어려움을 호소하고 있기 때문에 주눅 들지 않겠다.

인간관계를 만들고 유지하는 모든 일들이 고통의 연속이다. 별 연락 없어도 그 자리에 든든하게 있는 관계도 있고, 끊임없이 보듬어주어야 하는 관계도 있고, 쳐다보기도 싫지만 어쩔 수 없이 매듭을 묶은 채 살아야 하는 관계도 있다.

몇 년 전까지 나는 내가 친구의 모든 면을 사랑해야만 서로에게 진정한 친구가 될 수 있다는 생각을 했었다. 짜증 나는 점도 화나는 점도 모두 보듬는 것이 진정한 우정이 아닐까 하는 마음이었다. 반대로 나는 친구에게 단점을 보이지 않으려고 했다. 일평생을 '남에게 민폐 끼치면 안 된다'는 가훈 아래 살아온 사람인 나에게는, 다른 사람을 짜증 나게 한다는 것 자체가 민폐를 끼치는 행위와 다름없었다.

그러나 사람 사는 것은 비슷하면서도 다 다른 것을(지금은 초고를 수정하고 있는 중인데, 도대체 이 말을 몇 번이나 써 놨는지 셀 수가 없을 정도다. 이런 것을 두고 '귀에 못이 박힐 정도로 이야기한다'고 하던데…) 일개 작은 인간 하나가 어떻게 전부 수용할 수 있겠는가. 나는 친구가 나한테 물어보지도 않고 내 설렁탕에 깍두기 국물을 붓는 것을 싫어한다. 서로 싫은 행동은 하지 않으면 된다. '나는 이런 거 싫으니까 하지 마'라는 말 대신 '너는 왜 그러고 사냐?'라는 말이 오지만 않으면 된다.

반대로 자신의 즐거운 경험을 어떻게든 공유해주고 싶어 하는 사람은 나와 같은 사람에게 '네 선을 넘고 싶지는 않지만 이거는 진짜 재밌으니까 같이 해보자'라고 해야지, '너는 진짜 사회성이 없다'라고 하면 안 되는 것이다. 즉 서로의 차이를 존중해주면 내 친구가 깍두기 국물을 붓든 고수를 다져서 넣든 상관이 없다. 책 귀퉁이를 접어서 보더라도 내 책을 접는 것이 아니면 된다. 보통 사람과 사람 간의 '단점'이라고 일컫는 것은 어쩌면 단순히 '맞지 않는

점'이 아닐까 한다. 객관적으로 놓고 보았을 때 인간으로
서의 단점을 주렁주렁 달고 있는 정말로 못된 사람들과 서
로 맞지 않는 사람들은 완전히 다르다.

당연한 것을 왜 이렇게까지 무슨 인생의 진리인 양 장
황하게 쓰냐고요? 어리석은 저는 이제야 알았기 때문입니
다. 아직 완벽하게 아는 것도 아니고 알아가는 단계라고
할 수 있지요. 저는 사람 간에 매력으로 통용되는 포인트
를 하나도 가지고 있지 않기 때문에 이 고독함에 하루 빨
리 익숙해져서 노후에는 꼭 은둔 생활을 할 예정입니다.

내 삶은 '인간 싫어'가 기본으로
깔려 있는데, '인간 너무 싫어' 주간이
한 달에 한두 번씩 꼭 찾아온다.
그 주간을 지나면
'친구 보고 싶어' 주간도
짧게나마 찾아온다. 언제 찾아오는지,
이유가 뭔지는 알 수 없다.

친구

'친하다'는 말은 어떤 기준에 부합해야 쓸 수 있는 것
일까?

나는 어렸을 때부터 이런 생각을 정말 많이 했다. "너
개랑 친해?"라는 질문을 받으면 언제나, "어, 나는 친하다
고 생각하는데… 개도 나를 친하게 생각해주면 고마운 거
고" 하며 말끝을 흐렸다. 나의 친밀감과 상대의 친밀감이
다를 것이라는 걱정이 항상 마음에 있었기 때문이었다.

지금도 별반 다르지 않다. 그러나 지금은 청소년 때나
대학 시절보다 새로운 인간관계를 만드는 것이 훨씬 뜸해
졌고 그만큼 어려워졌기 때문에 '너 개랑 친해?'라는 질문
은 거의 받지 않아 뭐라고 대답할지 고민하는 그 순간이

많이 없어졌다.

내 친구 관계는 적어도 3년, 길게는 20년을 본 사람들로 이루어져 있다. 우리 밴드 식구들도 데뷔 때부터 지금까지 원년 멤버 그대로이고, 편곡팀도 마찬가지다. 이들은 일로 만나기 전부터 알던, 공과 사의 경계에 있는 사람들이라 함께한 시간을 다 합치면 제법 오래된 사이다.

시간의 흐름에 따라 자연스럽게 이런 오랜 인연이 만들어지기 전의 나는 내가 '친해!'라고 확실히 대답할 수 있는 경우를 따져보곤 했다. 일단 내 입장에서의 기준은 몇 번을 만났는지, 얼마큼의 시간을 보냈는지, 나의 지극히 개인적인 이야기를 상대에게 어디까지 했는지 등이었고, 상대방 입장에서의 기준은 어려우면서도 쉬웠다. 내가 생각한 것은 '이 사람이 나를 자신과 친하다고 여기는지'라는 딱 하나의 척도였는데, 나는 초능력자가 아니므로 상대의 마음을 알아낼 수는 없었지만, 주어의 위치가 바뀐 '걔 너랑 친하다며?'라는 질문 하나로 쉽게 해결되기도 했다.

'그 사람이 나랑 친하다고 생각해주는구나. 되게 고맙네. 맞아. 친해! 우리는 친해!'

학교나 일터 등의 연결고리가 없이 만들어진 인연도 있다. 바다 건너 일본에 있는 친구들이다. 이 친구들과의 인연도 벌써 햇수로 4년이 되었고, 역병의 시대가 도래하며 얼굴을 못 본 지는 2년이 넘어버렸다. 그래도 나를 잊지 않고 가끔 연락해주는 게 참 고맙다.

이 인연은 어떻게 만들어지게 되었느냐. 때는 2018년 여름이었다. 2017년, 인생 첫 해외여행지로 선택해 갔던 일본의 매력에 완전히 빠져버린 나는 그다음 여행지도 일본으로 정했다. 첫 여행은 이케부쿠로로 가서 그 당시 일본에서 공부를 하고 있던 한국인 친구(바로바로, 〈K팝스타 5〉에서 〈분홍신〉을 같이 불렀던 싱어송라이터 우예린 님 되십니다. 실명을 안 썼다고 서운해할 것 같아 추가합니다)와 많은 시간을 보냈지만 다음 여행은 혼자서 뭔가 많이 해보고 싶다는 마음이 들어 초대형 번화가 중 하나인 신주쿠로 향했다.

나의 숙소는 신주쿠산초메 한복판에 있었다. 나는 여행 중 유명한 맛집이나 관광지를 찾아다니지 않고 발길 닿는 대로 다니는 것을 좋아해서 숙소 앞에 위치한 분위기가 괜찮아 보이는 작은 바에 무작정 들어가보았다. 가게 안에는 만화 『원피스』의 '로브 루치'라는 캐릭터와 꼭 닮은 바

텐더가 있었다. 술을 주문하고 앉아 있어 보니 뭔가 동네 술집 같은 느낌이 강하게 났다. 외국인은 나뿐이었던 데 다가, 그때의 나는 머리카락이 파워에이드 색이었기 때문에 주목을 받지 않을 수가 없었다. 짧은 일본어로 가게 안의 사람들과 이야기를 나누다가, 손님 중 하나와 친해져 함께 사진도 찍고(추억용 사진을 찍었다는 이야기가 아니라 친해진 손님이 사진 작가였다!), 그 친구가 데려가준 다른 술집에서도 또 술을 마셨다. 그 술집에서도 친구가 생겼고 (이 상황이 참 재밌는데, 만화 이야기를 하고 있었던 내가 "나는 『꼭두각시 서커스』좋아해!"라는 말을 뱉음과 동시에 뒷 테이블에서 "나도!!!" 라는 외침이 들렸다. 그렇게 뒤 테이블에 앉은 손님들과 친해져 다 함께 노래방에 갔다가 새벽 4~5시경까지 술을 먹었다. 그리고 숙취 때문에 다음 날 한국에 돌아오지 못할 뻔했다). 이 친구들은 한국에 놀러오기도 했다. 건대 쪽에서 술을 먹고, 노래방도 가고, 스티커 사진기를 찾길래 '인생네컷'도 찍었다. 코로나 창궐 이전에, 나는 정말 말 그대로 '시간이 날 때마다' 일본에 갔다. 사실 이때도 지금도 예전의 '그 사람들도 나를 친하다고 생각할까?'라는 고민이 내 머리에 껌처럼 딱 붙어 있긴 하지만, 그래도 일단은 나를 반갑게 맞아주고 내가 올 때마다 시간을 비워 모여주는 친구들에게 매번 고마웠다.

코로나 창궐 이후 3년여가 지나는 동안, 나에게 첫 추억을 선물해준 그 바의 사장님은 멀지 않은 다른 장소에 새로운 이름으로 가게를 차렸다. 친구 세 명이 결혼했고 한 명은 아이까지 낳았다. 요즘은 틈만 나면 '개업 선물로 뭘 사 가지?', '아기 선물로 뭘 사 가지?' 하는 생각만 한다.

보고 싶은 내 친구들.
그리운 내 친구들.

흔히 '진짜 친한 사람은 처음에 어떤 이유로 친해졌는지 기억이 나지 않는다'는 말을 많이들 한다. 나도 마찬가지다. 이 오래된 친구들과 친해진 후 나눈 추억들은 선명하게 기억이 나지만 어느 시점부터 친구가 되었는지, 그 첫 순간이 기억나지 않는다. 그냥 정신 차려보니 10년, 정신 차려보니 15년, 이런 느낌이다. 상대를 '친구'로 인식하는 그 순간부터 기억을 담당하는 부서가 일하기 시작하는 걸까. 가끔은 과거로 돌아가 처음 마음을 나누던 그 순간을 몰래 지켜보고 싶다는 생각을 한다.

내 친구들은 모두 캐릭터가 강하다. 세상에 어떻게 이런 사람들만 주변에 모였는지 언제나 신기하다. 내가 이런 말을 하면 친구들은 항상 유유상종이라는 말을 알긴 하냐며 받아치곤 하는데, 그건 틀린 말이다. 나 같은 평범 소녀 옆에 어떻게 이런 또라이… 아니, 이렇게 특별한 친구들만 모였는지. 시트콤 속 인물이 된 기분이다. 특별한 사람들이 모여 사는 세계관 속 유일한 평범녀. 미친 사람들의 세상에서는 평범한 사람이 미친 것이라는 유명한 말도 있으니, 내가 이 세계관의 주인공일 수도 있겠다.

나의 오랜 친구들, 그러니까 어릴 적부터 나를 봐온 친구들은 내가 텔레비전에 처음 나올 때도, 처음 발매한 앨범을 건넬 때도, 처음 내 이름을 걸고 공연을 할 때도 항상 울었다. 올해로 인연을 맺은 지 20년이 된 친구 하나는 〈K팝스타 5〉 공개 방송을 보고 집으로 가는 길에 '내가 안예은 때문에 울다니' 하며 치욕스러움에 이를 부득부득 갈았다고 했다. 다른 친구들은 최근까지도 방송을 보며 실시간으로 눈물 셀카를 찍어서 보내주곤 한다. 나는 이런 친구들에게 "네가 안예은 낳았어?" 하며 웃어버리고 말지만 사실 참 고맙다. 안 좋은 일이 있을 때는 쉽게 위로해줄 수 있지만 좋은 일에 진심으로 함께 기뻐해주는 건 어려운 일 아닌가. 친구들의 웃기고도 찡한 눈물방울들을 꽤 자주 곱씹는다. 눈물을 흘리는 친구를 보고 깔깔 웃으면서도 '그래, 내가 못되게 살아오지는 않았구나', 조심스레 마음을 놓아보기도 한다.

이 오랜 친구들 중 하나가 곧 결혼을 한다. 건반을 치는 아이들답게 어깨와 등이 잔뜩 말린 채로 아이스크림 하나 물고 원숭이마냥 소리를 지르며 함께 복도를 뛰어다니던 게, 연애를 할 수나 있을까 지푸라기라도 잡는 심정으로 비척비척 찾아간 타로집에서 누가 친구 아니랄까 봐 "둘 다 집에만 박혀 있는데 연애는 무슨 연애냐"며 일단 밖을 좀 나가라고 나란히 앉아 한 소리를 들었던 게, 이제는 정 말 영어 학원이라도 다녀야 하는 게 아닌가 싶다며 카톡 으로 하루 종일 우는 소리를 나눴던 게 결혼이라니! 싱숭 생숭한 마음으로 청첩장을 받아보니 결혼식 날이 내 생일 이었다. 뭐, 이딴 경우가 다 있냐고 빽 소리를 질렀다. 그래 도 모두 웃었다. 말이 거칠어도, 언성이 높아도, 청첩장을 함께 받은 다른 친구가 "너는 이제 진짜 글렀다. 눈 감았다 뜨면 연애 못 한 지 10년쯤 되어 있을걸" 하며 저주를 퍼부 어도 모두 웃는다. 모든 목소리에 진심이 묻어 있으니까.

대학 시절의 친구나 학교라는 울타리를 벗어나 사회에 서 만난 친구들도 비슷하다. 일하는 내 모습을 보는 것을 굉장히 부끄러워하는 나의 성격을 너무나 잘 아는 친구들

은, 신보가 나왔다 하면 사진에, 영상에, 기사에, 댓글에 보
낼 수 있는 것은 모조리 다 폭풍처럼 보내며 멋있다고 난
리를 쳐댄다. 하지 말라고 해도 '저 언니 기분 좋네ㅋㅋ'
하며 종일 떠든다. 당연히 기분이 좋다. '난 역시 멋져!'의
마음은 조금도 없고, 그렇게 이야기해주는 친구들에게 고
마워서 기분이 좋다. '하지 마라. 진짜~'라고 해도, 그 문
장에는 고마움이 덕지덕지 묻어 있기에 모두들 웃는다.

　　밴드 식구들도 마찬가지다. (다같이 이름을 싣자고 최종
합의하여 이름을 적습니다. 베이스 정원호, 드럼 이주현, 기타 정
귀문, 건반 이지훈, 건반 이정문. 편곡팀도 혹시 서운해할까 싶어
적어놓습니다. 변장호, 김진용.) 팀 내 최고 말썽꾼이 매번 악
보를 하나씩 빼놓고 와도, 건반쟁이들끼리 눈만 마주치면
쌍욕을 퍼부어도, 앙숙인 두 명이 죽네 사네 난리를 쳐대
도 웃느라 밥도 제대로 못 먹는 것. 합주를 하다 한 번이라
도 틀리면 일하기 싫으냐며 큰소리를 치고, 회식 후 카드
를 꺼낼 때면 90도로 "잘 먹었습니다 형님!" 하는 게 멋쩍
어 대충 손을 휘휘 젓고 낄낄대며 다음 장소를 찾는 것. 무
엇이 진심인지 아니까.

　　얼마 전에는 밴드 식구이자 친구인 김택균, 오혜성, 이

정문 씨와 만나 술을 먹었다.(실명을 꼭 실어달라고 합니다.) 자랑할 요량으로 "책이 곧 나올 건데 아무리 책과 담을 쌓는 너희라지만 이건 읽어라"고 하니 도끼눈을 뜨고 "우리 얘기 썼어?" 하며 소리를 지르는 것이었다. 전혀 예상하지 못한 반응이었다. 자신들의 이야기가 글로 박제되어 돌아다니는 것을 싫어할 거라고 생각했던지라, 잔뜩 당황하여 "어?" 했더니 "안 썼네. 이 누나, 안 썼어" 투덜거렸다. 그래서 이 챕터를 쓰게 되었다. 책에 이름을 싣지 못한 친구들도 많은데, 서면이 모자랄 정도로 고마운 마음만은 적어두고 싶다.

친구들은 '일하는 안예은'에 좀체 적응을 못 한다. 아마 평생 못 할 것 같다. 항상 잔뜩 성난 목소리로 "야, 너 뭐 되냐?"라고 일갈한다. 오랜 친구 중 하나는 갑자기 전화가 와서는 무슨 도시 괴담이라도 얘기하는 말투로 이런 이야기를 한다.

"내가… 버스에 타고 있었거든? 근데 어떤 사람 벨소리가… 네 노래인 거야. 너, 연예인인가 봐."
"아닌데."

"내 친구 쭈구리 안예은, 연예인 다 됐네."
"아닌데."

주변에서 사인을 받아달라, 선물을 전해달라, 온갖 부탁을 주렁주렁 달고 와서는 질린다는 눈으로 나를 쏘아본다.

"너 뭐 돼? 아 진짜 귀찮게 하네? 너 연예인이냐?"
"아니, 연예인 아니야."
"뭘 아니야. 테레비 나오면 연예인이야."

나도 아직 이 직업에 적응을 못 했는데 너네는 오죽하겠니. 밖에서 함께 있다가 누군가가 나를 알아보면 놀린다고 난리가 난다. 공연 후 사인을 해주는 나를 볼 때도 그렇다. 쑥스러워 고개도 못 드는 나를 보며 엄청 웃어대고, 그러면서도 찡한지 눈물을 흘리기도 한다. 에휴, 우정이 뭔지.

운이 좋아 만들어진 이 사랑스러운 인연 하나하나를 길게 이어가기 위해 나는 부끄럽지 않은 삶을 살아야겠다.

친애하는 털 친구들에게

안녕하십니까. 계신 곳 어디든 평안하신지요. 저는 안예은이라는 인간입니다. 제목에는 친구라는 단어를 써놓긴 했는데 선뜻 반말이 나오지를 않네요.

인류가 아닌 모든 동식물들에게 쓰는 것이 아닌, 털을 가지고 계신 선생님들께만 특정하여 편지를 쓰는 것에는 이유가 있습니다. 저는 아주 심한 털 알레르기가 있어요. 그렇기에 털이 없는 동식물에게는 가까이 갈 수 있지만, 털을 가지고 계신 분들께는 다가갈 수가 없습니다.

제가 이것을 처음 깨닫게 된 것은 스물세 살 때입니다. 인간 기준의 나이라서 감이 오지 않으실 수도 있겠습니다. 그런데 저도 반려동물과 함께 살아본 경험이 없어서 선생님들의 나이 시스템을 잘 모릅니다. 양해해주시면 감사하겠습니다.

저는 원래 중증의 아토피와 비염을 가지고 태어난 인간입니다. 즉 원래부터 가려운 몸과 원래부터 콧물이 흐르고 재채기가 나는 코를 가지고 있다는 이야기인데요. 그래서 털 동물들과 함께 있어도 '원래 나는 비염이 있으니까' 하는 생각을 하며 가볍게 넘겼습니다. 사실 긴 시간을 있었던 건 아니고요. 제가 다녔던 대학은 원룸촌이 원시 인간들의 부락처럼 형성이 되어 있었는데요. 거기에 아주 못된 인간들이(천벌을 받길!) 책임지지 않고 길에 풀어놓은 선생님들의 친구분들이 많이 계셨습니다. 그 친구들에게 밥과 물을 챙겨주고, 쓰다듬어 주는 정도였습니다.

그리고 앞서 말씀드린 스물셋의 그 어느 날, 알레르기도 세분화가 되어 있다는 생각 자체를 해보지 않은 채 반려묘와 함께 사는 친구의 집에서 하루 묵은 적이 있습니다. 다음 날 새벽, 저는 팔을 긁다가 잠에서 깼는데요.

여러분께서는 혹시 인간이 만든 좀비 영화를 보신 적이 있으신가요? 영화 안에서 묘사되는 좀비에 감염된 증상 중 하나로 피부 위에 고름과 수포가 잡히는 경우가 있습니다. 제 팔과 얼굴이 딱 그 꼴이더라고요. 눈은 팅팅 부어서 제대로 떠지지도 않고, 5초에 한 번씩 천지를 뒤흔드는 재채기를 해대며, 콧물은 나이아가라 폭포(선생님은 모르실 수도 있는데, 캐나다 어드메에 있는 커다란 폭포입니다)처럼 흐르는 채로 귀가한 날이었습니다. 그때 깨달았습니다. '아, 나는 정말 슬픈 운명을 타고났다. 나는 털 동물들과는 친구가 될 수 없어.'

저는 특히 고양이 선생님들과 있을 때 아주 사단이 나는 몸을 가지고 있습니다. 절대로 다가갈 수가 없어요. 강아지 선생님들과 함께일 때는 그래도 눈물, 콧물, 재채기에서 더 진도가 나가지 않고, 시간이 지나면 알레르기 반응이 많이 수그러드는 편인데 고양이분들과는 아예 함께일 수가 없어 너무나 속상합니다.

저의 15년 지기 친구인 고예원이라는 인간은 전생에 덕을 많이 쌓아놓았는지 현재 '애뚜', '애쌤'이라는 이름을 가진 반려묘 두 마리와 함께 살고 있습니다. 친구는 그들의 곁에 다가갈 수조차 없는 저를 위해 사진을 많이 보내줘요. 저는 고양이 영양제나 간식, 장난감 등으로 애정을 표시하곤 합니다.

일전에 그 친구의 생일에 애뚜를 위한 (왜 '애뚜를 위한'이냐면 애쌤이는 애뚜가 오고 약 2년 후에 온 고양이이기 때문입니다) 캣 타워를 사준 적이 있습니다. 그날 밤 애뚜가 제 꿈에 찾아와 주었어요. 다음 날, 저와 친구는 애뚜가 고마움을 전하기 위해 꿈에 나타나준 것이라며 한바탕 난리를 쳤는데, 혹시 여건이 되신다면 저희가 착각을 하고 있는 것인지, 감동을 받아도 되는 것인지, 한번 여쭤봐주셔도 좋을 것 같습니다.

인간과 함께 살고 계시는 선생님들도, 야생에서 태어나 야생에서의 삶을 영위하고 계시는 선생님들도, 길에서 살고 계시는 선생님들도 계실 것입니다. 제가 특히나 걱정되는 분들은 역시 길 위의 선생님들이십니다. 저는 대단하지도 않고 외려 변변찮은 인간이지만, 길 위에서 살게 되신 이유 중에는 분명 인간의 탓이 많을 거다 싶어 인간이라는 이기적인 동물을 대표하여 사과를 드리고 싶기도 합니다. 계신 곳이 어디든 행복하시길 진심으로 바라고 있습니다. 인간 때문에 받으신 상처들이 (몸이든 마음이든) 있다면 꼭 치유받으셨으면 하고요.

제가 아주 어렸을 때, 저희 아버지께서 자주 데려가주셨던 장소 중 하나에 진돌이라는 개가 살았었습니다. 무지무지 똑똑했고요. 방학 때마다 진돌이가 있는 치악산 어드메에 가서 즐거운 시간을 보냈습니다. 벌써 20년도 더 된 이야기네요. 혹 이 글을 읽고 계신 분들 중 무지개다리 너머 거주하시는 분들이 계신다면, 그리고 그쪽에 진돌이라는 이름을 가진 하얀 진돗개가 있다면 안부 전해주세요. 아홉 살이던 그 인간이 지금은 서른하나가 됐고, 아직도 너를 기억하고 있다고. 귀찮을 수도 있었을 텐데 매번 같이 놀아줘서 고맙다고요.

무지개다리 너머에는 진돌이 말고도 제 친구들의 반려동물들이 꽤나 많이 삽니다. 그중에 저의 너무나 소중한 친구인 조수빈이라는 인간과 함께 살던, '깜시'라는 이름을 가진 까만 닥스훈트가 있을 거예요. 제 누나 말고는 그 어떤 인간에게도 관심을 주지 않던 도도한 강아지였습니다. 제가 친구네 집에 놀러 가서 아무리 반갑게 이름을 불러도, 간식으로 환심을 사려고 아무리 노력해봐도 단 한 번도 눈길을 주지 않았어요.

제 친구는 깜시가 떠난 이후 꽤 긴 시간을 슬픔 속에서 보냈습니다. 깜시도 자신에 대한 수빈이의 큰 사랑을 알고 있으면 좋겠다 하는 마음에 오지랖을 부려봅니다. 지금은 태연하게 얘기하지만, '열 길 물속은 알아도 한 길 사람 속은 모른다'는 인간들의 속담이 있듯, 13년 지기 친구지만 저도 그 마음은 알 수 없습니다. 깜시에게 종종 수빈이 꿈에 나타나달라고 전해주세요. 그리고 수빈이를 잊지 말라고도요.

저는 저의 이 비극적인 병을 치료할 신약이 나오는 날만 손꼽아 기다리고 있습니다. 선생님들을 쓰다듬어 드리고, 털도 빗어드리고, 엉덩이도 토닥여드리며 직접 말씀

나누고 싶습니다. 언젠가는 그날이 오겠죠.

　편지는 털을 가진 분들께만 썼지만, 지구상에 존재하는 모든 생물의 행복을 거듭 빌며 이만 물러가겠습니다. 날이 더운데 수분 충전에 힘쓰십시오.

예은이에게

태어날 때 자다가 죽을 수도 있다는 진단을 받은 년이 서른한 해째 살아 있구나. 장하다. 너의 존재가 누군가에게는 크나큰 희망이니 앞으로도 바르게 살아가길 바란다.

과거의 너에게 쓰는 것도, 미래의 너에게 쓰는 것도 아닌 편지를 쓰려니 무슨 말을 어떻게 해야 될지 잘 모르겠다. 언젠가는 미래의 내가 이 편지를 읽는 일이 일어날 수는 있겠지. 어렸을 때 쓴 일기장을 하루 종일 붙잡고 낄낄대는 지금의 나처럼.

서른하나가 되어서도 여전히 철이 들지 않아서, 엄마를 붙잡고 '아버지와의 결혼과 나의 탄생을 예견하여 10년 일찍 출생 신고를 한 것이 아니냐'며 농담을 하지. 사실 나는 가끔 진짜 그러지 않았을까 하기도 해. 나이가 전부가 아닌 것은 당연하지만 그래도 서른하나라는 건, 더 성숙한 사람에게 맞는 나이가 아닐까.

너는 왕따를 당할 때도 굴하지 않고 장기 자랑 무대에 섰었지. 지금 생각하면 참 대단해. 긍정적인 관심을 받을 생각은 아니었던 것 같은데, 대체 왜 그랬을까? 그냥 그만큼 음악을 너무 좋아하는 아이였기에 그랬을까?

그래서 요즘의 나는 과거의 너에게 부끄럽기도, 미안하기도 하다. 나는 그때처럼 음악을 좋아하지는 않는 것 같아. 친구 중 하나는 음악에 지친 게 아니라 사람에 지친 것일 거라고 하는데, 나도 처음엔 그런 줄 알았어. 근데 곰곰이 생각해보니 꼭 그런 것만도 아니더라고. 반은 맞고, 나머지 반쪽은 정말 음악 자체에 지친 것 같기도 해.

지금보다도 아무 생각 없이 살 때에는 '창작의 고통'이라는 단어가 그렇게 와닿지 않았지? 고통스럽지 않았으니까. 주변 사람들에게도, 인터뷰의 질문지에서도 계속 마주하면서 '난 그렇게 힘들지는 않은데, 창작자라면 꼭 느껴야 하는 건가?' 하고 괜히 의기소침해지기도 했어. 일이 많아서 힘든 것과 창작에서 파생되는 고통은 완전히 다른 거니까.

요즘은 곡을 쓸 때 옛날보다 훨씬 고민을 많이 하는 것 같아. '창작의 고통'을 늦게나마 느끼게 된 것 같기도 하고, 앞서 만들어놓은 곡들을 보며 반성도 많이 하게 됐고.

그렇지만 뭔가를 처음부터 다 알고 시작하는 사람이 몇이나 되겠어. 너는 데뷔 전에 썼던 노래도 두 곡이나 히트 치고. 완전 잘못하고 있던 건 아닐 거야.

그런데 너는 아직도 생각만 하더라. 그래, 예전에 비하면 행동으로 옮기는 시간이 단축되긴 했는데, 그래도 아직 느리다. 문제점을 파악한 순간 움직여야 돼. 알지? 기타 배우겠다, 배우겠다 말만 하지 말고 뭘 좀 해라. 제발.

최근에 하나 잘한 게 있긴 해. 지금 운동을 9개월째 그만두지 않고 꾸준히 하고 있다는 건 정말 아직도 신기하다. 공연장이나 스튜디오에서 찍힌 사진을 보면서 매일 감탄하고 있다. 평생을 새우나 거북이 같은 해양 생물의 모습을 하고 있던 어깨와 등이 펴졌더라. 이건 감히 기적이라고 할 수가 있다. 앞으로도 '죽을 때까지 운동하겠다'는 그 마음 변치 말고, 건강한 시체로 아름다운 결말을 맞길 바란다.

살다 보면 예상하지 못한 일이 참 많이 일어나지. 애초에 네가 음악으로 돈을 벌 수 있을 거라고 생각이나 했었니.

우리는 참 기쁜 일은 온전히 즐기지 못하고, 속상한 일은 두세 배로 크게 받아들이는 것 같아. 언제나 '이런 과분한 일이 나한테 일어나도 되는 건가' 하는 생각만 하고 살지. 과연 기쁨과 행복을 제대로 느끼는 날이 우리에게 올까? 나는 그날을 기다리는 것보다는 부정적인 감정에 초연해지는 것이 빠를 거 같다. 정신병 치료를 받은 후 지금까지는 그래도, 전보다는 훨씬 잘 해내고 있는 것 같아. 무엇에든지 무던한 성격. 우린 원래 그랬어. 그리고 정신병이라는 깊은 우물에서 드디어 빠져나와 네 성격을 찾았고. 우린 참 치료 의지가 강했어. 그렇지? 우물 안의 스스로가 너무 싫었기 때문에 이놈의 우물을 기어오를 수가 없다면 박살을 내서라도 지상으로 나가고 싶다는 생각에.

나는 말이야. 이승에서의 삶에 미련이 없어. 과거에도 살아간다는 것에 대한 기쁨을 제대로 느껴본 적이 없는 것 같아. 삶은 고통이야. 생명을 직접 달라고 한 적이 없는데 태어나버렸지.

어떻게 사는 것이 잘 사는 것일까. 아버지께서 말씀하셨듯 바르게, 씩씩하게, 뭐 그런 거 아니겠냐.

덕질하는 장르가 터질 때마다 고통받는 건 오타쿠들이라는 것, 너도 잘 알고 있지? 그러니 너는 남들보다 더욱 바르게 살아야 한다. 너에게 과분한 사랑을 주는 사람들을 부끄럽게 만드는 일은 절대 없어야 해.

너의 '팬'이라고 불리는 분들께서는 네 생일 때마다 심장재단에 기부를 해주시지. 그리고 우리가 기부하는 것을 보시고 따라서 기부를 하시기도 해. 얼마나 좋은 일이니. 그래서 나는 좋은 일은 동네방네 소문내면서 하자는 생각이야. 나도 다른 멋진 연예인 선생님들이 기부하시는 것을 보고 모르던 단체를 알기도 하고 말이지.

그래서 나는 우리가 정말 상상 초월의 부자가 되었으면 해. 몇 억씩 턱턱 기부해도 살아가는 데 전혀 지장이 없을 만큼. 그러면 나는 지금보다 더 멋진 척을 많이 할 거야. 너도 그렇지?

그러기 위해서는 지금 열심히 살아야 한다. 너무나 부당하게 느껴지는 것들, 절대로 해낼 수 없을 것 같은 일들이 앞으로도 많이 있을 거야. 그런 일이 없으면 제일 좋겠지만, 그럴 수는 없을 것 같다. 그러나 이를 악물고 주머니 속에서 가운뎃손가락을 날리더라도, 더 나은 내일을 위하여 노력해야 하는 것 아니겠니.

나는 힘들 때 도와주는 것보다 경사를 진심으로 축하해주는 것이 훨씬 어려운 일이라고 생각해. 그런데 우리 주변엔 그런 사람들이 정말 많지 않니. 이건 정말 복이고, 감사하게 여겨야 해. 그리고 정말 아주 조금은, 우리가 잘못 살아오지는 않았다는 증거로 생각해도 괜찮을 거야.

언제쯤 인생이 아름다울까?

언제쯤 우리 눈에 스스로가 조금이라도 괜찮아 보일까?

최대한 긍정적인 이야기를 많이 쓰려고 하다 보니 머리가 손을 못 따라가는 것 같다. 긍정이라는 걸 다 쓴 치약 짜듯 열심히 짜다 보면 어느 순간 칫솔 위에 올라가 있는 걸까? 우리가 그 치약으로 이를 닦게 되는 날이 올까?

선천성 심장 질환의 대부분은 한 번 수술로 건강하게 생활할 수 있다. 그런데 적은 수이긴 하지만 자라면서 여러 차례 수술을 해야 하는 환자들도 있다. 안예은 양은 이렇게 여러 번 수술을 받아야 했던 아이였다. 매년 세브란스 심장혈관병원에서는 연말에 '사랑 나눔 후원회의 밤'이라는 것을 하는데 한 번은 안예은 양이 자신이 작곡한 노래라면서 나와서 부르는 것이었다. 이때 나는 '작곡을 하다니 대단한데!'라는 생각과 함께 그냥 취미 삼아 하는 것이겠거니 생각했었다. 이후 〈K팝스타 5〉에서 경연을 하는 것을 우연히 보게 되었는데 아니, 노래를 너무 잘하는 것이었다. 심사 위원 중 한 명이 찬스 판을 들어 살려낸 덕분에 계속 안예은 양의 신선한 노래를 들을 수 있어 우리 의료진들은 열심히 응원했다. 결국 준우승이라는 엄청난 결과를 만들어냈다.

2017년 ASCVTS(아시아흉부외과학회, Asian Society of Cardiovascular and Thoracic Surgery) 학회가 서울 코엑스에서

열렸는데 저녁 만찬 때 안예은 양을 초청하였다. 팝송과 자신의 작곡한 노래를 불렀는데 참석한 소아심장외과 의사들이 하는 이야기가 하나같이 마취를 네 번이나 했는데 어떻게 저렇게 노래를 잘하느냐는 것이었다. 마치 우리나라의 의료 수준을 보여주는 듯한 훌륭한 무대를 보면서, 나는 어렸을 때 노래를 부르던 안예은 양을 다시 떠올리지 않을 수 없었다. 그리고 대부분의 사람들이 선천성 심장 질환을 갖고 있어 수술을 받은 이들을 어떻게 바라보고 있는지, 심지어 의료진인 나조차 희망을 관념적으로 생각하고 있던 것은 아닌지 생각해보았다. 그렇다. 심장이 좋지 않을 뿐, 몸 어느 부분도 건강하지 않은 곳이 없다는 것을 대부분의 사람들은 심장이 전신에 혈액을 공급한다는 생각 때문에 지레 놓치고 있었다. 안예은 양은 우리의 선입견을 여지없이 깨부수는 행보를 보여왔다. 비록 심장이 조금 약하더라도 곡을 쓰거나 노래를 부르거나, 혹은 앞으로 하고 싶은 일에 대한 열정에 전혀 영향을 미칠 수 없다는 사실을 몸소 보여주고 있다. 더욱이 기특한 것은 자신의 그러한 병력을 떳떳이 밝혀 다른 선천성 심장 질환자들에게 희망을 주고 있다는 사실이다.

이번에 그동안의 자신의 일을 덤덤히 써봤다고 하는데, 책은 안예은 양의 반취약성(AntiFragile)을 잘 보여준다.

강하면 부러지고 약하면 무너지는 상태가 아니라 약하더라도, 어떤 외부의 위협이 있더라도 상황에 따라 잘 견뎌내는 강인함 말이다. 앞으로도 좋은 음악 만들면서 많은 사람들에게 희망을 전하는 이가 되기를 바란다.

박영환
세브란스 심장혈관병원장

안 일한 하루

초판 1쇄 발행 2022년 8월 29일
초판 3쇄 발행 2022년 10월 4일

지은이 안예은

발행인 이재진 **단행본사업본부장** 신동해
편집장 조한나 **책임편집** 조한나
디자인 위드텍스트
마케팅 최혜진 신예은 **홍보** 최새롬 **제작** 정석훈

브랜드 웅진지식하우스
주소 경기도 파주시 회동길 20
문의전화 031-956-7211(편집) 02-956-7087(마케팅)
홈페이지 www.wjbooks.co.kr
페이스북 www.facebook.com/wjbook
포스트 post.naver.com/wj_booking

발행처 ㈜웅진씽크빅
출판신고 1980년 3월 29일 제406-2007-000046호

© 안예은, 2022
ISBN 978-89-01-26385-4 03810